아이들, 길을 떠나 날다

열세 명 어린 배낭여행자들의 라오스 여행기

아이들, 길을 떠나 날다

글·사진 김향미 양학용

WISDOM HOUSE 예담

여행을 담다, 닮다.

오래된 창 하나가 열린다. 아프리카 탄자니아에서 우리 부부는 누이와 당시 열세 살이던 어린 조카와 함께 시냥가Shinyanga라는 시골 마을을 찾아가고 있었다. 당시 우리 부부는 2년 넘도록 세계를 여행하는 중이었고, 누이와 조카는 겨울방학 동안 동행하게 된 터였다. 그날의 버스는 그야말로 형편없었는데 한 열에 다섯 개의 좌석이 다닥다닥 붙어 있었다. 그나마 의자도 떨어져나갈 듯이 삐걱대는 것은 물론이고 버스 바닥 군데군데에 구멍이 나 있어 진흙길을 달릴 때면 다리에 흙탕물이 튀어 오를 정도였다. 나중에 목적지에 도착한 후 확인한 것이지만 짐칸에 있던 내 배낭을 쥐새끼가 물어뜯어 구멍을 내놓기도 했었다. 달리는 버스 안에서 쥐가 활개 치며 여행자의 배낭을 공격한 건 그때가 처음이자 마지막이지 싶다.

그런데 하루 종일 끌끌거리던 버스는 산 하나를 넘다가 산마루쯤에서 멈추고 말았다. 해는 이미 졌고, 승객들은 당연하다는 듯 버스에서 내려 산 아래 작은 마을까지 걸어 내려갔다. 지도에도 나오지 않는 그 마을을 사람들은 '기림바'라고 불렀다. 마을은 전기가 들어오지 않아 칠흑같이 어두웠지만 하늘은 은하수 물줄기가 다 보일 만큼 맑고 아름다웠다. 그때였다. 하늘에 떠 있던 별 하나가 언제 내려섰는지 마을 안쪽 길에서 나타나는가 싶더니 더 많은 별들이 줄줄이 그 뒤를 따라 반짝이며 우리에게 다가왔다. 별은, 마을 사람들의 눈동자였다. 발가락에서부터 머리끝까지 새까만 사람들이 눈빛만 반짝이며 우리 앞에 웃고 서 있었던 것이다. 그날 내 어린 조카 대한이의 눈빛을 잊을 수 없다. 호기심과 두려움과 경이로움이 뒤섞여 있던 그 눈빛.

그 조카가 자라 올해 대학생이 되었다. 그 사이에 우리 부부는 다른 여러 아이들과 함께 "청소년 여행학교"란 이름으로 두 번 여행을 했다. 2011년에 라오스, 2012년에 인도 라다크를. 말하자면 여행학교는 어린 조카 대한이와 함께했던 그날의 여행이 계기가 되었던 셈이다. 그 아이를 보며 아이들의 삶에 여행이 어떤 의미가 될지, 그 소중함에 대해 가늠해볼 수 있었다. 부모나 사회가 좋아하는 것을 내가 좋아하는 것으로 착각하고 살아가는 우리 아이들에게 자신에게 솔직해질 수 있는 시간을 선물하고 싶었던 것이다.

여행학교를 기획하면서 가장 중요하게 생각한 점이 있다. 아이들이 '여행 프로그램에 참여'하는 것이 아니라 '여행'하는 것이다. 생각해보면 여행이 우리를 설레게 하는 것은 일상의 자리에서 벗어나 낯선 곳으로 떠나기 때문이다. 이는 자신이 불리거나 입고 있던 여러 이름과 옷들과 관계들로부터 자유로워진다는 의미다. 달리 말하면 그간 자신이 만들어놓은 편리함으로부터 멀어지는 대신 불편할 수 있는 자유를 얻는다는 의미이기도 하다. 사실 여행이 소중한 이유는 그 때문이다. 그 낯섦과 불편함 속에서 마주하는 하루하루의 삶들에 대처하다보면, 그동안 당연하다고 생각해왔던 자신의 명함과 자신을 둘러싼 관계와 심지어 자신의 생각과 성격과 생김새까지도 통째로 다시 만나는 경험을 하게 된다. 그래서 여행에서 돌아왔을 때 그것의 유통기한이 길든 짧든 간에 자신에 대한 무한 긍정과 함께 자기 앞에 놓인 삶을 소중하게 대하는 자세를 배우게 되는 것이다. 이것이 '여행의 힘'인 듯하다. 아이들이 여행에서 돌아와, 다른 이의 삶을 자신의 삶이라 착각하며 살아가는 것이 아니라 '자기 삶의 여행자'로 살아갈 용기를 얻을 수 있다면 얼마나 좋을까. 그것은 여행학교를 대하는 우리 부부의 마음이기도 하다.

이 책은 그 첫 번째 여행학교인 "라오스 여행학교"에 대한 이야기다. 여행자 부부가 2011년 1월에 중학교 1학년부터 고등학교 2학년까지 열한 명의 청소년과 두 명의 대학생과 함께 라오스 여행을 준비하고, 한 달 가까이 여행하고, 또 돌아온 다음의 이야기를 담았다.

우리 부부는 여행학교를 준비하면서 가능하면 어떤 프로그램도 마련하지 않으려고 했다. 그뿐만 아니라 특별한 경우를 제외하고는 숙소나 교통편도 사전에 예약하지 않았다. 아이들 스스로 하루하루 만나는 낯선 도시와 낯선 삶에 대응하면서 여행할 수 있기를 바란 것이다. 3~5명씩을 한 모둠으로 하여 직접 숙소도 구하고 자기들 입맛대로 식당도 찾아다니고 구경거리도 선택하도록 했다. 이를 위해 한 도시에 도착하면 모둠별로 그 도시에 머물 동안 쓸 여행 경비를 나누어주었다. 모두가 모이는 것은 하루에 한 번 저녁 식사 때나 자전거 투어와 같은 특별한 일정이 있을 때였다. 아이들은 어떤 수준의 숙소도 선택할 수 있고 어디든지 갈 수 있고 무슨 음식이든 먹을 수 있으며 물론 굶을 수도 있다. 다만 지켜야 할 것이 있다면 약속 시간과 매일 일기를 써야 한다는 것이었다. 말하자면 여행을 조직하는 모든 것이 자유롭지만 그 자유를 기록하고 성찰하는 것은 의무인 셈이었다.

라오스는 여행학교의 첫걸음으로 매우 적합한 공간이었다. 누구나 동의하듯 대한민국 아이들은 많은 것을 채우기 위해 바쁘게 살아간다. 집과 학원과 학교를 오가며 버거운 삶을 견뎌내고 있다. 그에 비하자면 라오스는 있는 것보다 없는 것이 더 많은, 그 대척점에 있는 공간이라 할 수 있다. 실제 여행의 시간 동안 아이들은 대한민국에 비해 모든 것이 너무나 느리고 부족한 그곳에서 오히려 만족감과 해방감을 느꼈고, 그들을 가두었던 일상의 것들로부터 조금씩 자유로워졌다. 이 책은 메콩 강 물줄기를 따라 라오스 땅을 여행하는 동안 아이들이 세상과 부딪치면서 보고 느끼고 깨달은 것들과 그런 아이들의 반응과 변화를 지켜보며 우리 부부가 배운 것들에 대한 이야기다. 달리 말하면 우리 부부와 열세 명의 아이들이 여행을 담고, 여행을 닮아가는 과정의 이야기라고 할 수 있다.

간혹 사람들은 여행학교에 참여한 청소년들이 어떻게 모였는지 궁금해한다. 이건 우리 부부도 궁금한 점이다. 당시 라오스로 간다는 것 외에는 어떤 프로그램도 없었고 심지어 참가 비용도 정해지지 않은 상태였는데 신청 인원이 다 찬 것이다. 우리 부부가 앞선 책에 쓴, '여행학교를 꿈꾸고 있다'는 글을 읽고 연락을 준 분들이 있었고, 여행학교 기획을 좋아했던 지인들의 자녀들도 있었다. 지금도 얼마 전까지 신문에 연재된 여행학교 이야기를 읽고 자신의 아이를 데려가달라고 연락하는 분들도 있다. '여행의 힘'에 대한 신뢰는 비단 우리 부부만의 것은 아닌 모양이다. 우리 부부의 무엇을 믿고 그 흔한 안내 홍보물 하나 보지 않고 아이들을 보내기로 결정했는지, 그 부모님들의 마음이 지금도 궁금하고 고맙다.

욕심이 하나 있다. 부족한 글이지만 독자들이 책을 읽은 후에 여행학교 아이들이 길 위에 서 있던 그 시간만큼은 참 행복했다는 것을 함께 느낄 수 있으면 좋겠다. 그래서 지금 대한민국의 아이들에게 무엇이 필요한지 한 번쯤 생각해볼 수 있는 계기가 된다면 더 바랄 것이 없을 것 같다.

-김향미, 양학용

라오스 여행에 참가한 아이들을 소개합니다.
(여행할 당시의 나이와 학년입니다.)

남서희(여) 14세, 중1, 울산

중1 막내들 중 체격도 가장 좋고 씩씩하다. 낙천적이고 모든 일에 긍정적. 경상도 사투리를 억수로 많이 씀.

신수경(여) 14세, 중1, 제주도

작고 통통하고 볼이 발그레한 귀염둥이. 아기들만 보면 어찌나 좋아하는지. 나이에 비해 배려하는 마음이 지나치게(?) 많다. 언니 신희경과 종종 티격태격.

주영준(남) 14세, 중1, 제주도

삐쩍 말라서 노는 걸 엄청 좋아한다. 유일하게 일기를 다 쓰지 않은 개구쟁이. 형과 누나들의 보살핌과 귀여움을 많이 받았다. 쑥스러워하며 마지막 날 서희에게 인형을 선물.

송승현(남) 15세, 중2, 울산

자기 생각에 푹 빠져 사는 아이. 덩치가 크고 힘이 좋으며 자전거 타기 등 스포츠에 능함. 꼼꼼하고 깐깐하다. 행정 공무원이 꿈인 아이답게 규칙 속에서 사고하려는 습관이 있다. 그래서 또래들로부터 다소 답답하다는 인상을 받기도.

양나운(여) 15세, 중2, 제주

제주 사전 캠프에 참석하지 않아 처음엔 좀 서먹했지만 차차 나아졌다. 맛있는 것을 보면 참지 못하고 많이 먹어 종종 배가 아프다고 하지만 차분하고 생각이 깊다. 마지막 방콕에서 다리가 아파 병원에 갔을 때 받은 진찰권을 소중하게 간직함.

김도솔(여) 16세, 중3, 울산

다소 둔한 것 같으면서도 배짱이 있다. 쇼핑과 꾸미는 걸 좋아하고 단순하게 생각하며 여행을 즐김. 처음 사나흘은 밥을 못 먹고 물만 먹고 지냈다.

박정호(남) 16세, 중3, 고양

체격도 체력도 좋지만 공부는 좋아하지 않음. 씩씩하고 낙천적이다. 잘생겨서 라오스 여학생들로부터 인기 폭발. 형 성호와 함께 가장 먼저 라오스 여행학교 참가신청서를 보냈다.

박성호(남) 17세, 고1, 고양

마르고 키가 멀대같이 큼. 공대를 지망하는 전형적인(?) 이과생. 걸어야 할 거리가 몇 보인지 계산하는 등 경제적 효율성에 대해서 잘 따지지만 깐깐하지는 않음. 수영을 잘하고 자전거를 잘 타고 운동을 좋아함.

서유진(여) 17세, 고1, 대전

작가를 꿈꾸는 감성적인 아이. 자신의 감정에 매우 솔직하고 그래서 때로는 이기적으로 비춰지기도 함. 언니 서윤미에게 많이 의존한다. 짐도 언니가 대신 싸줄 정도. 대학생 하영이와 약간의 신경전이 있었지만 무리 없이 여행을 마쳤다.

서윤미(여) 18세, 고2, 대전

헝가리 의대 지망생으로 한 살 아래 동생 서유진을 엄마처럼 보살핌. 자전거 사고로 입이 찢어졌지만 개의치 않고 당당하게 여행함. 전체 청소년 참가자 중에서 가장 어른스럽고 책임감이 강하지만 가끔 지나치게 몰입하는 경우 상황 판단이 흐려지는 경향이 있다.

신희경(여) 18세, 고2, 제주

음대 지망생으로 대단히 긍정적이고 열정적이다. 독립적이고 즉흥적이고 모험적이어서 불안불안하고 사고를 칠 뻔하기도. 동생 수경이와 마찬가지로 엄마가 어린이집을 운영해서 그런지 아이들을 엄청 좋아한다. 여행 첫날 카메라를 잃어버렸지만 씩씩하게 여행을 마침.

고상훈(남) 19세, 대1, 제주

덩치가 크고 힘이 좋으며 단순한 경향이 있음. 아이들과 잘 지내고 상황 판단이 빠르다.

김하영(여) 20세, 대1, 제주

자기 생각을 말로 잘 드러내지 못하는 편이다. 조장을 한다는 것에 대한 부담이 있어 초기에 아이들과 잘 어울리지 못해 고생함. 글을 상당히 잘 쓴다.

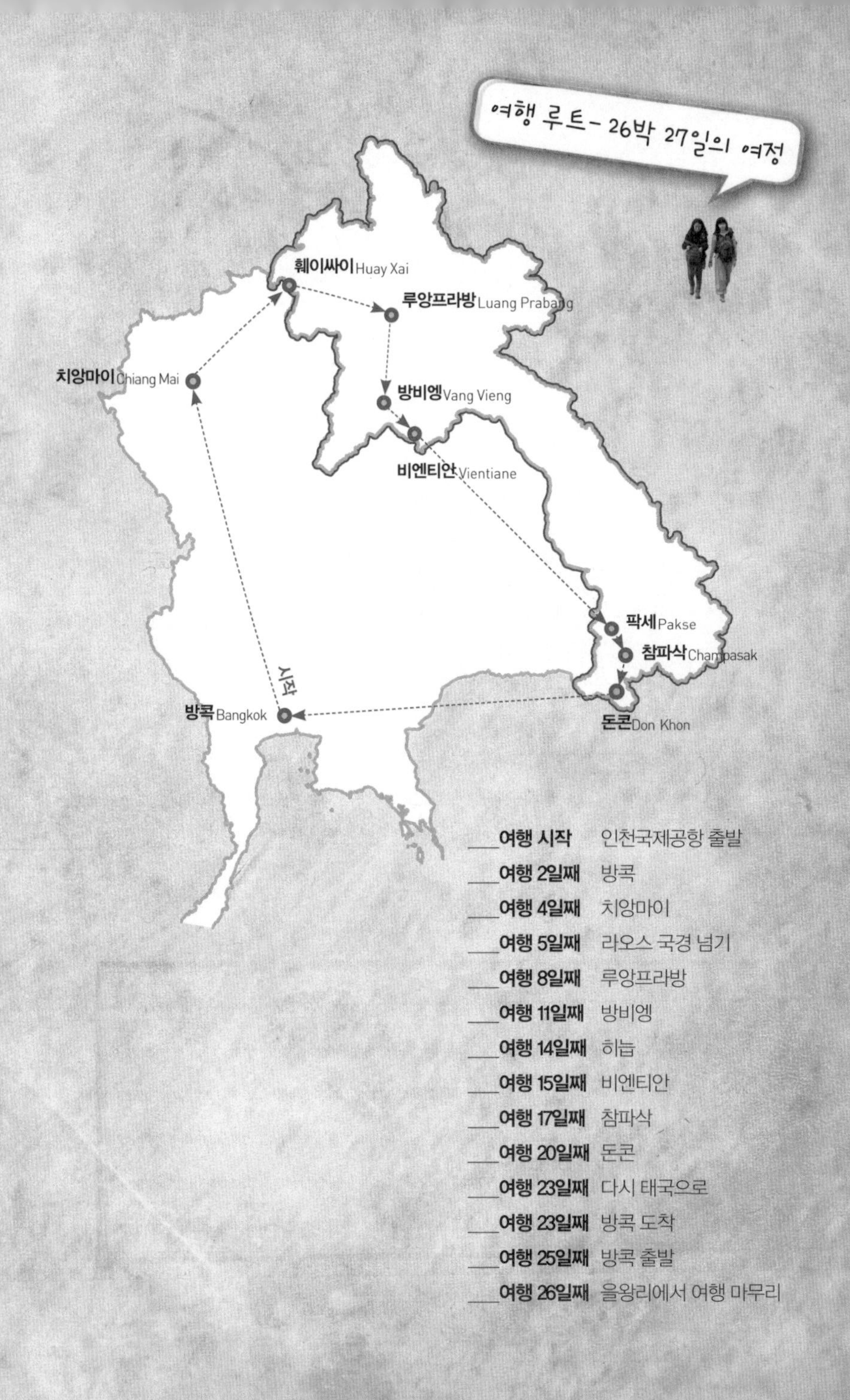

여행 루트 - 26박 27일의 여정
훼이싸이 Huay Xai
루앙프라방 Luang Prabang
치앙마이 Chiang Mai
방비엥 Vang Vieng
비엔티안 Vientiane
팍세 Pakse
참파삭 Champasak
시작
방콕 Bangkok
돈콘 Don Khon
___여행 시작 인천국제공항 출발
___여행 2일째 방콕
___여행 4일째 치앙마이
___여행 5일째 라오스 국경 넘기
___여행 8일째 루앙프라방
___여행 11일째 방비엥
___여행 14일째 히늡
___여행 15일째 비엔티안
___여행 17일째 참파삭
___여행 20일째 돈콘
___여행 23일째 다시 태국으로
___여행 23일째 방콕 도착
___여행 25일째 방콕 출발
___여행 26일째 을왕리에서 여행 마무리

차례

어른 없이 참견 없이 라오스를 누비다 2

Laos

1

배낭 둘러메고 훌쩍, 방학 대신 여행

"정말 우리 애들이 다 해야 한다고요?"

제주에서 3박 4일

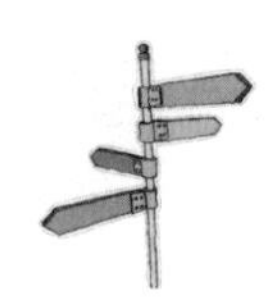

여행을 떠나기 일주일 전쯤이었다. 이번 여행학교에 참가하기로 한 청소년의 부모들로부터 전화가 걸려오기 시작했다.

"용돈은 얼마나 줘서 보내야 할지……?"

"몇 개만이라도 컵라면을 좀 넣을까 하는데 괜찮을까요?"

"아무리 열대지방이라도 겨울인데, 준비 목록으로 적어주신 옷만으로는 부족하지 않을까요?"

"애 아빠가 자꾸 배낭을 새것으로 사야 한다는데, 쓰던 걸 가져가면 안 될까요?"

이래저래 부모들은 걱정이 많았다. 그도 그럴 것이 아이를 키우면서 처음으로 부모 없이 보내는 여행인 것이다. 그것도 한 달이라는 짧지 않은 기간을. 게다가 라오스라는 나라는 부모들도 아예 들어본 적이 없거나 들어보았다 해도 세계지도 어디쯤에 박혀 있는지 짐작조차 안 되는 곳이다. 아이들이 그 낯선 세계의 어느 거리에서 자기 몸집만 한 배낭을 지고 여행할 것을 생각해 보면 새삼 짠하게 느껴질 법도 했다.

그런데 이러저러한 질문들 다음에 꼭 등장하는 물음이 하나 더 있다. 다음은 걱정 섞인 울산발 사투리 버전.

"있잖아요, 아~들 얘기 들어보니까 쩌거들이 숙소도 잡고 마

싹 다 해야 한다 그 카던데, 진짜라예?"

부모들의 염려 그대로다. 여행에서 아이들은 스스로 다 해야 한다. 우리 부부가 "청소년을 위한 여행학교"를 준비하면서 가장 중요하게 생각한 부분이 바로 이것이다. 차에 실려 다니거나 가이드에 끌려 다니는 여행이 아니라 아이들 스스로 여행자가 되어 만들어가는 여행. 이미 학교와 집에서 자신의 의지와 상관없이 너무 많은 '하지 말아야 할 것'과 '반드시 해야만 하는 것'들 사이에 끼어 살아야 했던 대한민국의 아이들에게, 여행마저도 또 하나의 과제로 느끼게 하고 싶지 않았던 것이 그 이유다. 아이들이 무엇을 보고 듣고 아는 것 이상으로 자기가 하고 싶은 것을 마음껏 해봤다는 기억을 가지고 돌아올 수 있기를 더 원했다. 말하자면 낯선 도시에서 직접 숙소를 구하고 식당을 찾고 자신들의 취향에 따라 볼거리를 찾아다니다 가끔은 길을 잃고 헤매기도 하는, 또 그러다 우연히 좋은 사람을 만나 인연의 소중함에 대해서도 알게 되는 그런 여행.

라오스로 떠나기 6개월 전이었다. 우리 부부는 라오스 여행학교 참가를 희망한 아이들과 함께 평화의 섬 제주에서 3박 4일 동안 걷기 여행을 했다. 사전 준비 혹은 훈련 캠프였던 셈인데, 아이들에게 여행을 기다리고 준비하는 마음을 전해주기 위해서였다. 또 하나의 목적이 있다면 여행지에서의 안전을 위한 팀워크를 만드는 것. 우리 부부가 아이들을 잘 알고 아이들도 함께 여행할 친구들은 물론이고 자신에 대해 잘 아는 것에서부터 안전은 시작된다고 생각했기 때문이다.

모둠을 나누고 함께 걸었다. 캠프라고는 했지만 그렇다고 특별한 프로그램이 있는 것은 아니었다. 다만 출발지와 길과 그 길을 걸어서 도착해야 할 목적지가 있을 뿐이었다. 캠프에서 처음 알게 된 친구들과 수다로 밤을 지새워도 이제 그만 자야 한다고 강제하지 않았고 입맛이 없다며 아침밥을 굶어도 절대 간섭하지 않았다. 평소처럼 배낭끈을 엉덩이까지 늘어뜨려 폼 잡고 다녀도 그러면 오래 걷기 힘들 거라고 단 한 번 일러주었을 뿐이다. 3박 4일 동안 아이들이 반드시 해야 하는 것은 두 가지뿐이었다. 걷기, 그리고 잠자기 전 일기 쓰기.

둘째 날에는 올레 2-3코스를 열 시간 가까이 걸었다. 오름을 두 개나 넘고 바다가 들고 나는 해안을 따라 걷는 아름다운 길이었다. 걷는 데 서툰 아이들에게는 무척 힘든 길이었을 것이다.

"다리 아파 딱 죽겠어요! 진짜예요!"

울산에서 온 막내 서희는 온종일 거센 경상도 사투리를 '억수로' 써대며 더 이상 못 간다고 투덜거렸다. 마음 맞는 친구를 만나 꼬박 밤을 새운 여고생 윤미와 희경이는 김영갑 갤러리의 그

제주
濟州
Jeju
신산
新山
Sinsan
신양
新陽
Sin'yang
서귀포
西歸浦
Seogwipo

아름다운 사진들을 앞에 두고 엎드려 잠을 잤으며, 등산화 대신 날씬하고 세련된 캔버스화를 신고 온 멋쟁이 성호는 발뒤꿈치가 다 까져 죽을 것처럼 힘들어했다. 그래도 낙오자 한 명 없이 모두 그날의 목적지인 표선해수욕장에 도착했다.

그날 밤 찜질방에서 쓴 아이들의 일기는 아주 가관이다. 자기들 평생 이렇게 많이 걷기는 처음이라는 고백이야 당연지사. 아마존 같은 밀림을 걸었다는 둥, 바닷가에서 험난한 암벽을 올랐다는 둥, 높고 험한 산을 올랐더니 탁 트인 산등성이에서 시원한 바람이 불어왔다는 둥, 아이들이 그날 하루 경험한 세계는 여태껏 내가 제주에 살면서 결코 만나본 적 없는 놀라운 곳이었다. 도대체 올레길 2-3코스 어느 곳에 그처럼 기막힌 세상이 존재했던 걸까? 작은 숲길이 아마존 밀림이 되고, 해안 바윗길이 암벽이 되고, 한 시간이면 오를 야트막한 오름이 험준한 산악지대가 되고 마는 아이들의 눈과 마음. 아마 나로서는 남은 인생 동안에도 결코 도달할 수 없는 상상력의 경지임이 분명하다.

더 귀여운 것은 다음 날의 아이들이었다. 그날은 올레 7코스를 다섯 시간 동안 걸을 것이라고 했더니 난리가 났다. 이제 다섯 시간은 거저먹기란다. 전날 죽을 것 같다고 꾸물거리던 아이들이 얼굴에 꽃을 피우고 나비처럼 날아다녔다. 제법 도보 여행자처럼 걷기를 즐기기 시작했다. 그러다 힘들면 드러누웠다.

"도로 한가운데로 걸을 수 있다는 걸 제주도에 와서 처음 알았어요. 길바닥에 이렇게 누울 수 있다는 것도요."

대전에서 온 윤미다. 대도시에서 차가 다니지 않는 도로를 만난다는 건 쉬운 일이 아닐 것이다. 아이들은 여행 이틀 만에 몸도 마음도 말랑말랑해져서 이제는 아무 길바닥에나 털썩 주저앉았다. 아이들은 길을 걷는 동안 모둠 친구들과 도란도란 이야기를 나누고 뜨거운 햇볕 다음에 오는 바람 한 줄기의 시원함을 즐겼다. 가끔은 혼자 걸으며 생각에 잠긴 듯한 표정을 짓기도 했다. 아이들은 그렇게 내가 예상할 수 있는 시간을 압축하고 뛰어넘어 여행 속으로 빠르게 빠져들었다.

그날 밤, 그러니까 캠프 마지막 날 밤에는 우리 부부의 집 마당에 텐트 세 동을 쳤다. 다 함께 빨래를 하고 숯불을 피워 고기를 구워 먹었다. 늦은 밤, 마당에 모기장을 치고 둘러앉아 겨울에 떠날 라오스 여행에 대해 이야기를 해주었다. 그때 아이들이 제일 먼저 꺼내놓은 질문이 좀 의외였다.

"올레 길보다 더 많이 걸어요?"

녀석들, 많이 힘들었던 모양이다. 올레 길을 걸은 것처럼 하루 종일 걸을 일은 별로 없을 거라는 나의 대답에 아이들은 "앗싸" 하고 환호성을 질렀다.

"대신 이번 제주 여행처럼 너희들이 모둠끼리 다니면서 숙소도 구하고 밥도 사 먹고 관광지도 찾아다녀야 해."

"우왕! 재밌겠다!"

아이들은 즉각적으로 재미있겠다는 반응을 보이며 눈을 반짝였다. 그러고는 하나같이 비슷한 질문을 쏟아냈다.

"모둠은 어떻게 짜실 거예요? 지금하고 똑같이 하면 안 돼요?"

아이들의 반응은 부모들의 그것과는 완전히 다르다. 재미있겠다는 것, 그리고 자기 모둠에 누가 속하게 될지가 관심의 전부다. 그래도 아직 청소년인 우리가 외국의 낯선 도시에 가서 어떻게 다 알아서 하느냐는 질문이나 걱정이 있을 법도 한데, 아이들에겐 없었다. 어쩌면 그런 의문을 가진 아이가 있었을지도 모른다. 하지만 3박 4일 동안 제주 올레 길을 걸었다는 자신에 대한 믿음이, 혹은 함께 여행할 친구들이 바로 옆에 있다는 사실이 아이들 스스로도 알 수 없는 용기를 주었는지도 모르겠다.

아이들 중에 고양에서 온 성호와 정호 형제가 있다. 처음 이 녀석들은 엄마로부터 라오스 여행에 대해 들은 바도 없고, 그냥 제주도에서 여행 캠프가 있으니 다녀오라는 말만 듣고서 왔다고 했다. 사실 내키지 않았는데 엄마의 강권으로 왔고 겨울방학 동안 해야 할 일도 많으니 라오스 따위에는 결코 갈 마음이 없다는 의사를 내비쳤던 녀석들이다. 그런데 3박 4일이 지나 헤어지는 시간이 되었을 때 두 녀석의 눈에는 라오스 여행에 대한 어떤 기

다림이 고여 있었다.

"라오스에서 자전거도 타요?"

"그럼! 배도 타고 기차도 타고 침대 버스도 타겠지."

아이들에게 집으로 돌아가서 신중하게 생각해본 후 한 달 내로 라오스 여행학교 참가신청서를 보내라고 했다. 그때 열한 명의 아이들 중에 제일 먼저 신청서를 보낸 것은 그들 형제였다. 그날 물어보지는 못했지만 아마 두 녀석은 '여행이란 것의 자유'에 대해 설핏 들여다보지 않았을까 싶다.

제주 사전 캠프가 끝난 후에는 아이들에게 한두 달에 한 번씩 이메일로 숙제를 냈다. 라오스를 길게 흐르는 강에 대해 알아보기, 라오스에서 가장 가보고 싶은 도시와 그곳에서 하고 싶은 것 세 가지 생각해보기, 집이나 학교를 중심으로 사방 1킬로미터 범위의 지도 그리기, 여행 에세이를 한 권 골라 읽고 독후감 쓰기 등이었다.

나는 여행은 세 번 하는 것이란 말을 자주 한다. 준비하면서 한 번, 길 위에서 한 번, 그리고 여행에서 돌아와 추억을 정리하며 또 한 번. 말하자면 아이들은 그 첫 번째 여행을 해내는 중이었다. 인터넷으로 라오스의 도시들을 검색하면서 앞으로 여행할 곳에 대해 궁금해하고, 여행 에세이를 읽고 집 주변 지도를 그리면서 여행지에서의 재미난 날들을 두근두근 상상하기 시작한 것이다. 그리고 괘씸하게도(!) 우리 부부만 빼놓고 자기들끼리 서로 문자 메시지를 주고받으면서 여행의 설렘을 나누었다. 그렇게 아이들의 세계에서는 이미 여행이 시작되고 있었다.

아이들의 일기

제주도에서 돌아오자마자 '라오스를 무조건 가야지' 하고 생각했다. 여행이란 건 매혹적이면서도 헤어나기 힘들어서일까. 제주도를 다녀온 2주간은 제자리로 돌아온 일상이 더 제자리 같지 않았다. 왠지 계속 걸어야 될 것 같은 기분. 2학기가 개학하자 여러 가지가 고민됐다. 하루는 학교 친구한테 "나 겨울방학에 여행 갈 거야. 한 달 동안"이라고 말했더니 "미쳤어?"가 돌아왔다. '가야지' 하면서도 '가도 되나'라는 생각이 들어서 망설여졌다.

'한 달 동안 라오스를 배워 오자. 그럼 되는 거야.'

아침에 일어났을 때 오늘 하루 무슨 일이 일어날지 모르는 것처럼, 일단 지르자, 결심했다. 그 후의 일은 그때 생각해보기로. 라오스에 가서 고3 생활을 버틸 수 있는 무언가를 얻을 수도 있고 내가 몰랐던 나 자신을 찾게 될 수도 있을 거다. 설령 아무것도 얻지 못한다 해도 내가 그곳에 가기 위해 노력한 시간은 결코 무시하지 못할 결과가 될 거라고 생각했다. 여럿이 함께 가는 라오스에서 아무것도 얻지 못할 일은 없을 것이기에 나는 라오스에 가려고 한다.

- 서윤미

아이들의 엽서

안뇽 엄마!! 오늘은 8월 14일 토요일 밤 10시 33분이야. 오늘 5시에 일어나서 6시부터 올레 길을 걸었거든? 아, 근데 진짜 거짓말 하나 안 보태고 죽을 맛이었어. 오름을 두 개 올라야 했는데 첫 번째 오름에서 경사가 아찔할 정도로 날카로워서 진짜 내가 뭣 하러 이런 고생을 사서 하나 싶었는데, 진짜 오기 하나로 정상에 올라가니까 진짜 우와 정말, 이건 마치 엄청나게 커다란 선풍기가 바로 앞에 있는 것처럼 엄청 시원한 거야. 안개가 살짝 서려 있었는데 바람이 워낙 세게 부니까(귓가에 쉿쉿 소리가 날 정도로 바람이 세게 불었어) 안개가 스스스 하고 옮겨 가면서 초록색 갈대 비스무리한 풀들도 솨아 하고 움직이는데 진짜 절경이더라고. 말로 설명할 수 없이 진짜 아름다운 풍경이었어. 목구멍까지 힘이 탁탁 막히는 데도 가슴이 뻐근해질 정도로 예쁘더라구. 나, 올레 길을 걷는다고 하면 진저리가 쳐질 거지만 또 그 장면을 보게 될 거라는 기대감에 가슴이 두근두근거릴 것 같아.

- 2010. 8. 14. 토. 엄마를 똑 닮은 둘째 딸 유진이가

공항에서 24시간, 그 흔치 않은 기회

홍콩 찍고 방콕까지

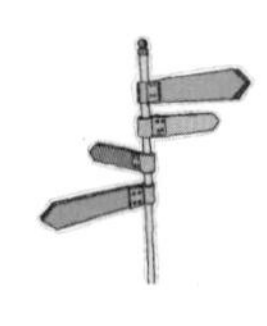

출국하기도 전에 사건이 발생했다. 이 이야기를 우선 소개해야겠다. 말하자면 상훈이가 인천공항에서 낙오할 뻔했던 일. 그날의 주인공 상훈이는 여행 당시 나와는 스무 살 차이가 나는 제주교대 1학년 동기생이었으며, 여행에 동행한 두 명의 대학생 중 한 명이었다. 덩치는 내 두 배쯤 되고 어깨가 떡 벌어졌으며 배짱도 만만치 않은 녀석이다. 하지만 배낭여행은 그때가 처음이라고 했다.

이야기의 시작은 이렇다. 탑승권을 발권하느라 아이들의 여권을 모두 거둬갔던 아내가 매우 곤란한 표정을 지으며 돌아왔다. 그러고는 대뜸 한 말.

"상훈이를 공항에 두고 가야겠다."

무슨 소리? 얼른 상황 파악이 되지 않았다. 그때 아이들은 공항 로비에서 재잘거리며 여행을 앞둔 들뜬 마음을 한껏 피워내고 있었고, 나는 아이들의 배낭 중에서 무거워 보이는 놈들만을 골라 무게의 원인을 탐색하고 있었다. 이를테면 청바지 세 벌을 포함해 바지만 대여섯 벌이나 가져온 도솔이를 설득해 바지 두 벌과 반팔 티셔츠 몇 장을 배낭에서 빼내고, 왕사탕 큰 봉지를 통째로 가져온 서희로 하여금 친구들에게 고루 나누어주게 하는 등 전체 여행 기간 중에서 가장 비민주적이었다고 할 수 있을, 이른바 '배낭 검열 작업' 중이었다.

그런데 상훈이가 왜? 탑승까지 한 시간을 앞둔 지금, 무슨 이유로 그를 다음 비행 편을 타도록 남겨놓고 가야 한다는 것일까? 아내가 덧붙이는 설명은 경악 그 자체였다. 경우에 따라서는 다음 비행 편이 오늘이 아니라 내일이 될 수도 있단다.

알고 보니 문제의 원인은 나로부터 시작된 것이었다. 방학 전에 음악 실기 수업 시간이었던가.

"삼촌, 제 여권 이름 잘못 적어드렸어요."

상훈이가 쪽지를 건넸던 기억이 났다. 그걸 잊어버리고 당시 여행 준비를 도맡아 하던 아내에게 전해주지 않았고, 그래서 여권과 비행기 탑승권에 적힌 영문 이름의 스펠링이 서로 일치하

지 않게 된 것이다. 탑승 시간 전에 예약자 명단을 변경하지 못한다면 상훈이는 꼼짝없이 홀로 공항에 남아야 했다. 설상가상으로 항공권 예약을 대행했던 여행사의 담당자에게 연락이 닿지 않았다.

배낭 검열 작업에서 빼낸 옷가지들과 입고 온 겨울 외투를 우체국 택배로 보내고, 의리 없는 녀석들이 상훈이의 기분은 아랑곳 않고 공항 곳곳을 돌아다니며 마지막 군것질을 해대는 동안에도 여행사 담당자는 전화를 받지 않았다. 처음에는 설마 하는 표정이던 상훈이의 얼굴도 점점 심각 모드로 변해갔다.

결국 마지막 순간이 왔다. 출국 심사를 더 이상 미룰 수 없었다. 택배로 부쳤던 짐을 다시 찾아와 상훈이의 휴대전화를 끄집

어냈다. 여행사 담당자의 전화번호를 알려주고, 다음 날 그가 혼자서 찾아와야 할 방콕의 게스트하우스 주소를 적어주었다. 그러고는 낙담한 그에게 영화 〈터미널〉의 톰 행크스 이야기를 해주었다. 영화는 뉴욕 공항에 도착한 주인공이 갑작스러운 전쟁의 발발로 고국으로 돌아갈 수도 없고 미국으로의 입국도 거부당한 채 공항이라는 제한된 공간 안에서 언어를 배우고 일을 찾고 사랑하는 여인을 만나 끝내 현실을 이기고 꿈을 찾아가는 이야기다.

나는 상훈이의 어깨를 다독여주었다.

"상훈아, 영화의 주인공처럼 공항에서의 24시간을 즐기는 거야. 이건 말이야, 정말 흔치 않은 기회야."

이 글을 쓰는 며칠 전, 상훈이와 하영이 그리고 몇 명의 제주교대 친구들이 우리 집에 놀러 왔을 때 모닥불을 앞에 두고 물어보았다. 그날 그 순간 기분이 어땠는지.

"내 여행은 이것으로 끝났다 싶었죠. 삼촌은 공항에서 자라고, 다른 배낭여행자들도 많을 거라고 그러셨지만 저는 제주도로 돌아가야지, 내 여행은 끝났다, 이런 생각밖에 안 들었어요."

"그랬어?"

"그런데 그게 별거 아니었어요, 여행해보니까."

"그렇지? 다음 날 비행기 타면 되고, 방콕에 내려서 택시 타고 찾아오면 되는데."

"그래서 삼촌이 아무렇지도 않게 말한 건데, 그땐 몰랐죠 뭐."

세상일이란 다 그렇다. 스스로 겪어보지 않은 일은 누구나 두렵기 마련이다. 그런 의미에서 여행은 좋은 학교임에 틀림없다. 매일 매 순간 겪어보지 못한 낯선 세계와 조우하면서 두려움을 설렘으로 변화시키는 것이 여행이니까.

시간을 다시 거슬러, 내가 상훈이를 다독이던 그 순간에 다행인지 불행인지 아내가 뛰어왔다. 밝은 표정을 보니 잘 해결된 것 같았다. 마지막이라 생각하고 전화를 했더니 여행사 담당자가 받더란다. 좀 아쉽다. 상훈이에게 잊을 수 없는 이야기 하나가 생길 수도 있었을 텐데. 여행이란 보고 듣고 느끼는 것이지만 한편으로는 이야기로 남는 기억이기도 하니까.

낙오자 없이 출국장에 들어선 우리는 비행기 탑승을 기다렸다. 폭설이 내린 다음 날이었고, 대합실 통유리창 밖으로 보이는 활주로에는 아직 그 흔적이 하얗게 남아 있었다. 아이들은 제주 여행 이후 6개월 만에 만난 반가움을 수다로 털어내거나 카메라로 서로의 설렘을 찍어대는가 하면 유리창 밖을 물끄러미 내다보기도 했다. 모습은 제각각이었지만 아이들의 표정에는 설렘과 긴장이 또렷이 공존하고 있었다.

26박 27일. 길 위에서 보내기에 결코 적지 않은 날들이다. 우리는 그 시간들 안에서 라오스의 여러 도시와 마을들을 찾아갈 것이다. 아이들의 손에 쥐어질 낯선 세계에서의 한 달. 그들은 무엇을 하고 싶고 무엇을 이루고 싶을까? 제각각의 모습으로 놀고 있는 아이들을 찾아 한 명씩 카메라를 들이대고 인터뷰를 요청했다. 먼저 막내 영준이.

"지금 기분이 어때?"

"어제 잠을 못 잤어요."

"왜?"

"그냥요."

"그냥? 음, 영준이가 여행에서 하고 싶은 것이 있다면?"

"그냥 말해도 돼요?"

"그럼."

"노는 거요. 그냥 잘 놀았으면 좋겠어요."

잘 노는 것이라. 의미심장한 말이었다. 구체적으로 무엇이라고 말할 수도 있을 텐데 그냥 잘 놀았으면 한단다. 다른 아이에게 다시 물었다. 또 다른 막내 서희다.

"여행 기간 동안에 바라는 것이 있다면?"

"살 빼는 거요!"

"살이야 한 달 후면 자동적으로 빠질걸? 그것 말고."

"저도 실컷 놀았으면 좋겠어요."

이 아이도 노는 것 타령이다. 그런데 그냥 노는 것도 아니고 '실컷' 놀았으면 좋겠단다. 이제 빠른 속도로 돌아가며 무작위로 물어보았다. 아이들의 다양한 바람들이 카메라 안으로 쏟아졌다.

"아무도 다치지 않고 돌아오는 거요."

"다른 나라의 문화를 체험해보고 싶어요."

"여행을 통해 나의 세계를 찾아볼 거예요."

"두려움을 없애는 거죠."

이렇게 일반적으로 기대할 수 있는 대답도 있었지만 다수의 대답은 바로 '노는 것'이었다. 잘 노는 것, 실컷 노는 것, 재미있게 노는 것, 그것도 아니면 그냥 노는 것 등등 표현도 다양했다. 그런데 자꾸 듣다보니 아이들이 안쓰러워졌다. 얼마나 놀고 싶었으면 혹은 얼마나 놀지 못했으면……. 맘껏 놀아야 할 나이에 바빠서 놀 수 없는 아이들의 마음이 카메라 렌즈를 뚫고 내 가슴속으로 날아왔다. 생각해보면 아이들에게 맘껏 놀 수 있는 시간을 선물하기 위해 시작한 여행이다. 이 한 달의 시간이 놀지 못한 과거의 날들에 대해 조금이라도 보상이 되고 미래의 어느 날에 작더라도 어떤 힘이 될 수 있다면, 아이들의 바람처럼 그것으로 충분할지도 모르겠다.

꼬박 열한 시간이 걸렸다. 홍콩을 경유해 목적지 방콕에 도착하니 새벽 1시였다. 두 번의 기내식과 한 편의 영화 그리고 잠깐의 카드놀이와 몇 번의 토막 잠. 우리가 공항과 공항 사이를 여행하는 동안 대체로 했던 일들이다. 그뿐이었다. 그런데 방콕의 활주로에는 폭설의 흔적 대신 습한 열대의 바람이 끈적이고 있었다. 누군가에 의해 기온과 바람이 그리고 여행자의 체온까지도 완전히 리셋된 것만 같았다. 공항 밖으로 발을 내딛자 곧바로 뜨거운 열기가 훅 끼쳐왔다. 폭설과 폭염의 극적인 대비 앞에서 아이들의 얼굴은 조금 굳어 있었다. 혼을 뺄 것처럼 복작거리는 웅성거림도, 코를 찌르는 노란 땀내도, 거리를 어슬렁거리는 고온다습한 바람도 그들에겐 다 낯선 것이었다. 그랬다. 그렇게 낯선 세계가 갑자기 다가왔다. 바야흐로 여행의 시작이었다.

아이들의 일기

오늘은 여행 첫날이다. 그런데 지금 너무 피곤하다. 태어나서 비행기를 이렇게 오래 타고 공항에 이렇게 많이 있어본 적이 없었기 때문이다. 그래도 같은 조원들이랑 이야기하고 놀며 가니까 마냥 힘들지는 않았다. 오늘 제일 재미있었던 것은 바로 홍콩 공항에서 카드게임을 한 것이다. 아무래도 게임을 하니까 금방 친해지는 것 같다. 그래도 아직은 서로 어색하다. 앞으로 남은 여행 기간 동안 친하게 지내서 재미있고 기억에 남는 여행을 해야겠다.

- 양나운

지금은 1월 6일 새벽 4시 25분이다. 정신없이 비행기를 타고 달리느라 시간이 이렇게 흐른 것이다. 지금 잠이 와서 죽을 것 같다. 하지만 놀아야 된다!! 지금 대한민국은 1월 겨울이겠지만 라오스 가기 전에 들른 나라 태국의 방콕은 매우 덥다. 나중에 몸빼바지 같은 것을 사 입기로 했다. 나는 대학생 하영이 언니, 중3 나운이 언니, 고2 유진이 언니랑 같은 조가 됐다. 하영이 언니는 노래를 잘 부르는 것 같고 활발하고 착하다. 나운이 언니는 말이 없다. 그리고 유진이 언니는 무척 웃기고 귀여웠다. 오늘은 살짝 지치지만 내일은 기대된다.

- 남서희

하루를 여행하고도 1년을 여행한 것처럼

방콕 첫날, 모둠별로 여행하기

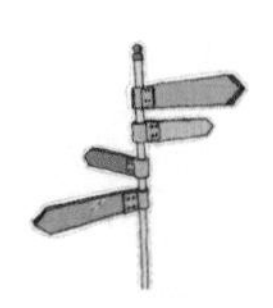

방콕에서의 첫날, 아침부터 사고가 났다. 눈을 떴을 땐 천장에서 팬 선풍기가 돌아가고, 거리 쪽으로 난 창으로부터 자동차나 오토바이 등 온갖 탈것들의 소음이 흘러들고 있었다. 끈적거리는 땀이 몸에 묻어났다. 아, 방콕이구나. 비로소 여행의 시작을 실감하며 침대에서 일어나 녹차 한 잔을 우릴 때였다. 똑똑. 다급하면서도 조심스러운 노크 소리.

"이모! 삼촌! 일어났어요?"

잠깐. 촌수가 좀 이상한가? 우리 부부는 법적으로도 틀림없는 부부이니 '이모와 이모부', '삼촌과 숙모'라야 촌수가 맞겠지만, 아이들과 진짜 친척은 아니다 보니 촌수가 좀 이상해졌다. 그렇다고 선생님이라고 불리는 것도 별로다. 교사나 가이드보다는 같이 여행을 다니는 동료 여행자이고 싶어서다. 그러니 촌수가 이상해도 어쩔 수 없다. 부디 독자들도 이해해주시길.

그런데 아침부터 무슨 일? 아! 희경이. 순간 새벽 일이 떠올랐다. 전날 우리 일행은 몇 개의 공항을 거쳐 하루 종일 비행기를 탔다. 이곳 방콕의 게스트하우스에 도착했을 때는 새벽 2시가 넘어 있었고, 희경이가 고열을 호소했다. 얼음찜질을 하고 에어컨이 있는 성호의 방과 바꾸면서 좀 진정되는 것 같았는데 밤새 더 나빠진 걸까? 얼른 문을 열었다. 희경이와 같은 방을 쓰는 동갑내기 윤미가 거기에 서 있었다.

"왜? 희경이가 아파?"

"아니 삼촌, 그게 아니고요. 희경이 카메라가 없어졌어요."

윤미가 지난 새벽에 희경이가 카메라를 방까지 들고 온 걸 봤는데 아침에 짐을 싸다보니 없더란다. 새벽에 방문을 열어두고 다른 방 친구들에게 왔다 갔다 했는데, 그때 사라진 것 같다는 것이다. 고가의 카메라인 데다 희경이가 이모부께 빌려온 거란다. 하지만 숙소 매니저에게 말해보는 것 이상으로 별 도리가 없었다. 저녁까지 찾지 못하면 경찰에 분실 신고를 하기로 했지만 여행지에서 사라진 물건을 다시 찾는 일은 흔치 않은 일이다.

첫날부터 속상했다. 그러나 아이들은 그뿐이었다. 카메라가 사라졌어도 웃음소리는 줄지 않았다. 아이들에게 카메라는 카메라고 여행은 여행이다. 이럴 때마다 세상에 현명한 이는 아이들이고 그들의 힘은 지극한 단순함이라는 생각이 든다.

방콕에서의 첫날. 아이들에게 첫 미션을 줬다. 모둠별로 방콕 시내 투어 하기. 알아서 환전하고, 밥 사 먹고, 모둠별 취향에 맞게 왕궁이든 미술관이든 시장이든 돌아다니는 것이다. 아무런 제안도 제한도 없다. 방콕에서 지낼 이틀 동안 사용할 여행 경비를 나눠줬다. 아내에게서 모둠별로 미화 100달러짜리 고액권들을 받고 마냥 좋아할 줄 알았는데 의외로 눈동자에 긴장감이 팽팽했다. 자유에 대한 어떤 책임감일까? 아니면 낯선 도시에 첫발을 내딛는 두려움? 그 무엇이든 여행의 첫걸음으로 그리 나쁠 것 같지는 않았다.

그런데 참 어렵다. 믿는 것 말이다. 낯선 도시 낯선 거리에서 아이들을 믿는다는 것이 생각처럼 간단하지가 않았다. 그날도 보석 사기와 같은 방콕에서의 대표적인 주의사항 몇 가지만 일러준다는 것이, 아침의 카메라 분실 사건 때문인지 말이 많아졌다. 분명 불필요한 걱정과 간섭이 끼어들었을 것이다. 어디까지 자유를 주고 또 안전을 위해 어떤 것에 제한을 두어야 하는지, 그 경계가 흐리고도 아프다. 충분히 기다려주지 않으면 아이들 스

스로 생각하고 판단하고 깨달을 기회를 빼앗는 꼴이 될 거란 것을 잘 알면서도 그게 말처럼 쉽지가 않다.

수상버스를 탔다. 일단 차오프라야Chao Phraya 강을 거슬러 왓 아룬Wat Arun까지는 다 함께 가기로 했다. '왓'이 사원이고 '아룬'이 새벽이니 '왓 아룬'은 새벽사원이란 말이다. 새벽이 아름다운 사원이라는 뜻, 아니, 차오프라야 강에 새벽을 알리는 사원이라서 얻은 이름일 수도 있겠다. 하지만 여행자가 그 뜻을 가만히 새겨보기에는 수상버스가 승객을 지나치게 많이 실었다.

잠시 후 강 건너에 내려 다 함께 새벽사원을 올랐다. 가파른 계단 위로 햇살이 따갑게 쏟아졌다. 그 계단을 몇 번이나 오르고 오르자 사원의 꼭대기가 나타났다. 그곳에서 바라보는 강물과 방콕 시내의 모습은 절경이었다. 나는 아내와 함께 동서남북을 가늠해보았다. 만약 새벽녘에 이 자리에 다시 설 수 있다면 이 사원을 새벽사원이라 이름 지은 이의 마음을 충분히 이해할 수 있을 것 같았다. 아침 해를 먹어 강물이 깨어나고 도시가 눈을 뜨는 그 모습을 찬찬히 볼 수 있으리라. 아이들은 언제 내려갔는지 지상에서 올려다보며 우리를 향해 손을 흔들고 있었다. 마주 손을 흔들어주고 나서 새벽사원을 둘러싼 샛노란 천에 현지인들을 따라 몇 글자 소원을 적었다.

"부모님들 건강하시게 해주세요. 여행학교 친구들 무탈하게 여행할 수 있게 도와주세요."

사원에서 내려와 다시 차오프라야 강을 건넜다. 그곳에서 모둠끼리의 여행을 시작했다. 모둠은 세 개고, 각 인원은 네 명 혹은 다섯 명이다. 저녁 때 식당 "동대문(카오산 로드에 있는 한국 음식점)" 근처에서 만나기로 하고 헤어졌다. 환전소로 향하는 아이들이 있고 벌써부터 기념품 가게에 들어가거나 군것질거리로 직행하는 아이들도 있다. 다시 내 입이 근질거린다.

'얘들아, 그 환전소는 환율이 나쁜 것 같아. 똑같은 물건도 기념품점이 시장보다 더 비싸다는 걸 알아야지. 너희들 벌써 그렇게 군것질을 해대다간 내일까지 쓸 돈이 모자랄지도 몰라.'

할 말이 차곡차곡 목구멍을 채워가지만 참아야 했다. 이제 모든 것이 그들의 몫이고 그들의 선택이니까.

아이들은 모둠별로 하나둘 사라졌다. 그런데 이상했다. 우리 부부만 왕따가 된 것 같은 기분. 둘만 남으면 홀가분할 것 같았는데 예상하지 못했던 감정이다. 아이들은 다 어디로 사라진 걸까. 시장을 돌아다니다 왓포Wat Pho 사원에 들어갔다. 그곳에 윤미, 희경, 성호, 승현이가 있었다. 헤어진 지 겨우 한 시간 만인데도 그렇게 반가울 수가 없었다. 이심전심인지 녀석들도 강아지들처럼 뛰어와서 참새처럼 재잘거린다.

"이모! 삼촌! 여기 대따 좋아요!"

"저 안에요, 엄청나게 큰 불상이 누워 있어요."

"그런데 삼촌, 여기 공짜예요. 입장료가 없어요."

그렇지. 이 사원이 와불상으로 유명하지. 그런데 뭐, 공짜? 아니다. 오늘이 태국 국왕의 생일도 아니고 그럴 리 없었다 그러고 보니 좀 전에 녀석들이 나오며 신발을 신은 곳은 태국 사람들만 드나들 수 있는 사원 옆쪽으로 난 문이다. 여행자가 입장하는 문은 앞쪽에 따로 있고 당연히 입장료도 있다. 그러니까 녀석들에겐 군것질을 맘껏 하고도 보고 싶은 것을 다 관람할 수 있는 비장의 카드가 있었던 셈이다. 이름하여 단순 그리고 무지.

왕궁 쪽으로 걷다보니 이번에는 큰길 건너편으로 상훈이네 모둠이 보였다. 다리가 아픈지 왕궁 담벼락 아래에 중학교 3학년 동갑내기 도솔이와 정호, 1학년 동갑내기 영준이와 수경이가 퍼질러 앉아 있다. 더위에 지친 모양이었다. 그런데 그쪽은 왕국 출입구 쪽이 아니다. 소리 질러 가르쳐줄까 하다 또 그만둔다. 되돌아가는 것도 다리품을 파는 것도 이제는 다 저 아이들의 팔자고 몫이다.

아이들에게는 스스로 여행하는 일이 어렵고 우리 부부에게는 스스로 여행하는 녀석들을 그냥 지켜보는 것이 어렵다. 차라리 보지 말자 싶어서 관광지구와는 전혀 다른 길로 접어들었다. 인터넷으로 미리 보고 체크해둔 코코넛 아이스크림 가게를 찾아

가기로 했다. 어느새 길은 동네 골목길로 접어들었고, 집들은 적당히 낡고 적당히 낯설었다. 아이스크림 맛은 별로였지만 거리가 마음에 들었다. 손님 하나 없이 한가한 이발소와 그 앞에 세워진 기름때에 전 스쿠터 그리고 그 옆 등받이 없는 의자에 앉아 있는 고집스러운 인상의 노파. 비로소 여행자의 감성이 스멀스멀 올라왔다. 이제야 우리도 아이들의 가이드가 아니라 한 명의 여행자로 돌아온 것이다. 잠시 후 배가 고파 식당을 하나 찾아 들어갔다. 영어로 적힌 메뉴가 없는 걸로 보아 현지인들을 위한 식당이다. 옆 사람의 요리를 보고 대충 시키자 해물 튀김 국수가 나왔다. 라면처럼 뽀글거리는 튀김 면과 해물이 든 소스가 따로 한 그릇씩이다. 소스를 튀긴 면에 부어서 먹는데, 맛이 기가 막혔다.

어쩔 수 없이 또 아이들 생각이 났다. 낯선 거리, 낯선 식당, 낯선 음식에 잘 적응하고 있을까? 음식점은 제대로 찾아 들어갔을까? 향신료 강한 이 나라 음식이 입에는 맞을까? 햄버거 같은 패스트푸드로 때우는 건 아닐까? 걱정이 되기도 하고 궁금하기도 하고 무엇보다 보고 싶었다.

기차표 확인 등 몇 가지 일을 해치우고 난 후 아이들과 만나기로 약속한 시간에 식당 동대문 앞으로 서둘러 나갔다. 아이들이 "이모! 삼촌!" 외치며 폴짝폴짝 뛰어왔다. 벌써 히피형 몸빼바지와 '조리'를 사서 입고 신고 온 녀석들도 있었다. 이미 아이들은

서로의 무용담으로 한껏 신난 분위기였다. 과연 그들의 하루는 어땠을까.

"삼촌, 우리 오늘 엄~청 걸었어요."

"다리 아파 죽겠어요. 진~짜예요."

"우리는 시장만 네 개 구경했어요."

"이모, 카오산 로드에 볼 거 진짜 많아요."

"사고 싶은 거 대빵 많았는데, 돈 아까워 안 샀어요."

다들 힘들었지만 재미있었던가보다. 한 모둠은 시장만 네 군데를 돌아다녔다 하고 한 모둠은 왕궁에 갔다가 출입구를 못 찾은 채 헤매다 카오산 로드를 구경한 모양이고 또 한 모둠은 미술관을 관람하고 나서 역시 카오산 로드에서 쇼핑을 한 것이었다. 세 모둠의 공통점은 다들 너무 걸어서 다리가 아프다는 것. 그럼 뚝뚝Tuk-tuks을 타지 그랬냐고 했더니, 그건 무서워서 아직 못 타겠단다. 여기저기서 호객을 해대니 엄두가 안 난 모양이었다. 밥은 뭘 사 먹었냐고 다시 물어보았다.

"핫 칠리 뭐라 캤는데, 이름은 몰라요. 근데 맛없었어요."

"하영이 언니하고 나운이 언니는 냄새가 이상해서 하나도 못 먹었어요."

"저는 쌀국수요."

"우리 모둠은 이슬람 식당에 갔는데, 코코넛 주스만 빼고 그런대로 괜찮았어요."

결국은 나의 기우였던 셈이다. 아이들은 낯선 길이든 낯선 음식이든 두려움 없이 도전하고 있었다. 김치가 그리워 벌써 한국식당에 발을 들인 모둠도 있고 입맛에 맞지 않아 군것질로 끼니를 대신한 아이들도 있지만, 분명한 것은 아이들이 여행 첫날부터 용감하게 낯선 이방의 세계를 향해 접근하고 있다는 것이었다.

아마 그래서인 것 같다. 이제 겨우 하루를 여행하고도 1년을 여행한 것처럼 저토록 시끄럽게 떠벌려대는 것도.

아이들의 일기

아침은 도솔이가 추천한 곳에서 병아리가 될 만큼 달걀을 먹었다. 영준이는 그 가게 아주머니께서 추천하신 음식을 시켰는데 못 먹고 반을 남겼다. 여행을 끝내면 영준이는 더 말라버릴 것 같다.

- 고상훈

드디어 타이에서의 하룻밤이 지났다. 어제는 피곤해서 보지 못했던 여러 가지 풍경을 볼 수 있었다. 우선은 너무 덥다. 이것이 겨울 날씨라니, 여름엔 도대체 얼마나 더운 걸까? 그리고 공기도 너무 탁하다. 승현이가 "울산이 우리나라에서 가장 공기가 안 좋은데 이것보단 좋아"라고 한다. 하지만 역시 환경이 더 안 좋을수록 여행의 재미를 더 느낄 수 있는 것 같다.

나의 예상대로 우리 조는 최고의 조였다. 단합은 물론이고 의견도 서로 들어가며 민주적으로 문제를 풀어나가 좋았다. 그래서인지 자꾸 조가 바뀌면 어떻게 될까, 걱정이 된다. 타이 음식은 괜찮았다. 향신료가 강하긴 하지만 우리 입맛에 맞아 향수병에 걸릴 일은 없을 거 같다. 빨리 다음 날이 됐으면 좋겠다. 새로운 여행을 시작하게.

-박성호

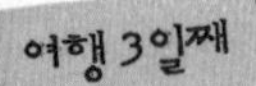

침대 기차는 우리의 로망을 싣고

야간열차 타고 방콕에서 치앙마이까지

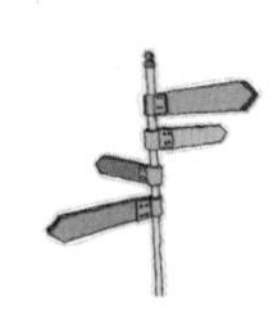

치앙마이Chiang Mai로 이동하는 날이다. 아이들은 난생처음으로 야간 침대 기차를 탄다는 생각에 들떠 있었다. 특히 제주도에서 태어나 지금껏 살아온 몇몇 친구들에겐 기차를 타는 것 자체가 처음이었다. 그래서일까. 아침부터 아이들의 얼굴에 설렘이 피었다. 질문을 하는 정호의 얼굴도 마찬가지였다.

"삼촌, 우리 기차 몇 시간이나 타요?"

"음, 열다섯 시간 정도."

"그런데 침대 기차는 더 비싸겠다. 그죠?"

"응, 아마도."

항상 정호 옆에 붙어 있는 영준이가 끼어들었다.

"삼촌, 제가 2층에서 자고 싶어요. 그래도 되죠?"

"글쎄다. 그건 친구들에게 물어봐야지."

"그러면 누워 있어도 기차가 가는 거죠?"

"기차 타는 게 그렇게 좋아?"

아이들의 마음은 이미 방콕을 떠나 기차를 타고 달려가고 있었다. 왜 안 그렇겠는가. 굳이 밤을 새워 달려야 할 만큼 땅덩어리가 크지도 않은 나라에서 그나마 대륙으로 향하는 길목을 끊어놓았으니, 아이든 어른이든 야간열차에 누워 낮과 밤을 온전히 달려보고 싶은 꿈을 한 번쯤 가져보았을 것 같다. 나 역시 그

랬다. 처음, 인도였던가. 기차를 쫓아 해가 뜨고 지던 그 신비롭던 기억. 덜커덩덜커덩 2층 침대칸에 누워 올려다보던 밤하늘과 창 안으로 수북수북 쌓여들던 달빛. 눈부신 아침 햇살을 비껴 받으며 "짜이"를 외치던 소년과 한 잔에 2루피(우리 돈으로 약 40원) 하던 달착지근한 이국의 맛.

열다섯 명의 우리 일행은 줄줄이 배낭을 메고 기차역으로 가는 53번 시내버스를 탔다. 부모들이 본다면 큰 배낭을 메고 복잡한 시내버스를 잡아타는 아이들이 안쓰러울 법도 하지만, 택시보다는 버스를, 버스보다는 걷기를 더 좋아하는 우리 부부를 만난 이상 한 달 동안 이 아이들의 운명(?)은 어느 정도 정해졌다고 할 수 있다.

1인당 7바트(우리 돈으로 약 240원) 하는 버스에는 에어컨이 없었고, 방콕 특유의 후덥지근한 열기와 매연이 끼쳐 들어왔다. 그래도 버스는 도심을 잘 헤쳐나갔다. 로터리를 몇 개쯤 지났을 때, 개울 옆 도로변에 버스가 멈추어 섰다. 그곳에서 손님들 반 정도가 내렸고 잠시 후에는 운전사마저도 내렸다. 그는 곧장 길 건너편 식당가로 들어갔다. 음료수나 간식을 사려는 건가? 10분이 지났다. 운전사는 오지 않고 아이들은 유리창이나 배낭에 고개를 박고 졸기 시작했다. 20분이 지났다. 다른 버스들도 한 대씩 와서 멈추어 섰다 가곤 했지만 우리 버스의 운전사는 영 돌아오지 않왔다. 이제 30분. 걱정스레 시계를 보다가 불현듯 깨달았다. 이곳은 버스의 반환점이구나. 불안해지기 시작했다. 마침내 40분. 운전사는 여전히 돌아오지 않았고 시간은 촉박해지고 있었다. '더 이상 시간이 없다. 택시를 타야 한다'고 결심하는 순간 버스 차장이 먼저 올라탔다. 그리고 5분 후, 음료수 병 하나를 손에 쥔 운전사가 천천히 탔다. 휴. 그때까지는 괜찮았다. 그런데 사거리 두 개 정도를 지날 때부터 차가 엉망으로 막히기 시작했다. 속이 바싹 타들어갔지만 도로가 막히니 택시를 탈 수도 없었다.

사실 우리 부부뿐이라면 이 정도 일은 걱정거리도 아니었다. 다음 기차의 입석이라도 몸만 실으면 그만이고 기차 대신 버스를 알아볼 수도 있었다. 이왕 이렇게 된 거 방콕에서 하루 이틀 더 머문다 해서 라오스가 어디로 도망가는 것도 아니고, 그 때문에 더 재미난 일이 생길지도 모르는 일이었다. 하지만 지금은 다르다. 열세 명의 아이들을 데리고 기차를 놓치면? 생각만으로도 머리가 지끈지끈 아팠다.

버스는 어느새 만원이었고, 이런 마음을 아는지 모르는지 아이들은 편안하게 졸거나 신나게 떠들고 있었다. 시야에 들어오지 않는 녀석들도 몇 명 있었다. 이대로라면 졸고 있는 아이들을 깨우고 눈에 보이지 않는 녀석들을 불러 한 명도 빠짐없이 버스에서 내리게 하는 것만도 쉽지 않을 터였다. 이때 내 마음을 알아차린 것은 오히려 버스 차장이었다. 그녀가 웃으며 손가락 두 개를 내 눈 앞에 펴 보인 것이다. 정거장 두 개가 남았다는 뜻이리라. 잠시 후 나는 소리를 질러 아이들을 깨웠다.

"곧 내릴 거야! 다들 깨우고, 모둠별로 인원 확인해."

아이들이 서로의 이름을 부르느라 버스 안은 시끄러워졌고 승객들은 술렁였다. 도로는 정체 중이고 버스는 만원인데, 꽁지머리 이방인 하나가 낯선 언어로 고래고래 소리를 질러대자 역시 이방인 아이들이 덩달아 떠들어대는 형국이었다. 누가 다쳤나? 소매치기라도 당했나? 그 순간 태국 시민들의 얼굴이 딱 그랬다. 미안하지만 그래도 할 수 없었다. 다시 소리를 질렀다.

"문제가 생겼어. 지금 우리가 기차를 놓칠지도 모르거든. 그러니까 버스에서 내리면 죽을힘을 다해 달리는 거다! 알겠지?"

버스 차장이 승객들에게 우리 사정을 설명해주는 것 같았다. 그리고 잠시 후, 운전사는 고맙게도 기차역 광장 바로 앞에다 버스를 정차해주었다. 그곳은 정식 버스 정류장이 아니었다. 우리들은 뛰어내리기 시작했다. 아이들은 서로의 이름을 부르며 독려했고 차장을 비롯한 승객들은 아이들이 쉽게 빠져나갈 수 있도록 길을 내어주며 응원의 환호성과 박수를 보내주었다. 출발 시각 5분 전. 기차역을 향해 질주했다. 내가 선두에 서고 아내가 마지막에서 뛰었다. 아이들은 무거운 배낭을 앞뒤로 짊어지고도

잘들 달렸다. 기차역 안으로 우르르 달려 들어가면서 기차표를 손에 들고 "치앙마이"를 외쳤다. 그러자 철도역 직원들이 손가락으로 플랫폼 방향을 알려주었다. 아이들이 뒤따라오는 친구들에게 "여기! 여기!" 손을 흔들며 질러대는 소리가 기차역 대합실의 높고 커다란 천장에 부딪혀 어지럽게 울려댔다. 그때 내 등 뒤에서 어떤 녀석이 외쳐대는 소리가 들렸다.

"삼촌! 이거 진짜 스릴 넘쳐요!"

"뭐라고?"

"우리, 영화 찍는 것 같아요!"

기가 막혀. 녀석들은 이 다급한 상황이 재미있고 신나는가보

왔다. 영화를 찍는 것 같단다. 나로서는 상황이 어떻든 대상이 무엇이든 그 모든 것을 결국 '놀이'로 만들어내고야 마는 그들의 세계가 경이롭고 부러울 뿐이다. 그날 우리는 아이들이 말한 대로 영화의 한 장면처럼 막 떠나려는 기차에 아슬아슬하게 올라탔고, 기차는 우리가 좌석에 앉기도 전에 플랫폼을 벗어나 달려 나갔다.

침대가 있는 기차를 탔는데 일이 생겨서 늦어버린 것이다. 그래서 미친 듯이 뛰었는데 힘들어 죽을 뻔했다. 그래도 스릴 넘쳤다.

-남서희

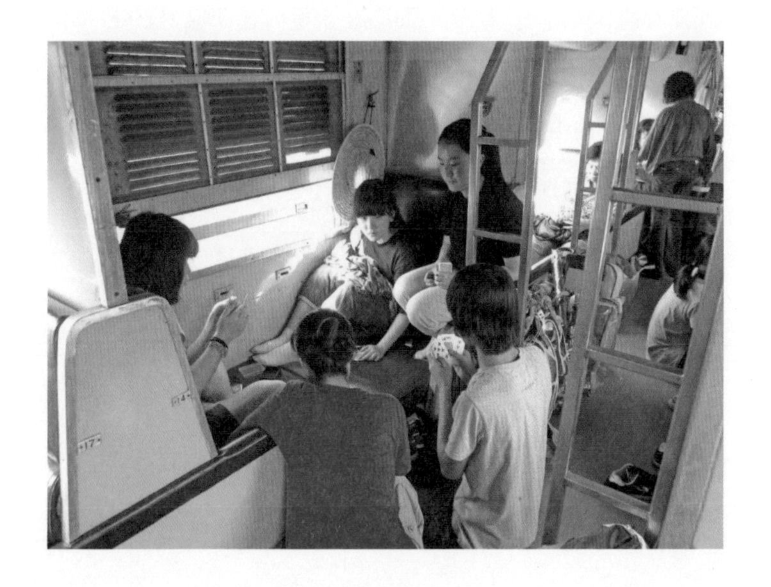

기차는 곧 방콕 도심을 빠져나갔다. 열대의 숲을 지나자 너른 들판이 나타났다. 아이들은 제각각의 시간을 보내기 시작했다. 기차가 출발하면서부터 카드게임을 하기도 했고 경찰관과 도둑과 의사가 나오는, 나로서는 그 게임이 왜 재미있는지 이해가 잘 안 되는 이상한 놀이를 하는 녀석들도 있었다. 어떤 아이는 혼자 앉아 일기를 쓰며 음악을 들었다. 창밖을 내다보거나 또 그러다 잠이 든 아이들도 있었다. 그 풍경들 사이로 음료수와 과자를 파는 아주머니가 수레를 밀며 다가왔다. 멀리서 보니 성호와 승현이가 생수 한 병을 손에 쥐고 가격을 물어보는 것 같다. 아주머니가 손가락을 펼쳐 보이며 뭐라고 답하는데 아이들은 생수를 다시 수레에 집어넣는다. 생각보다 가격이 비싼 모양이었다. 조금 전부터 목이 마르다고 노래를 하더니 비싸다고 생수 한 병을 안 사 먹는다. 아이들에게 저런 모습도 있음을 부모들은 알고 있을까? 그래도 컵라면에 넣을 뜨거운 물은 안 살 수가 없다. 녀석들은 그 가격이 또 바가지라며 투덜거렸다. 재밌다. 한편으론 설레고 또 한편으로는 지루할 것 같던 열다섯 시간의 기차 여행은 그렇게 흘러가고 있었다.

그런데 유진이가 심상치 않았다. 이야기하기 좋아하고 항상 에너지가 넘치는 녀석이 그늘진 얼굴로 혼자 앉아 있는 것부터가 그랬다. 일기를 쓰는가 싶더니 담요를 뒤집어쓰고 아예 누워

버렸다. 아픈 것이다. 몸보다는 마음이.

전날 밤이었다. 유진이가 모둠을 바꾸어달라고 했다. 대학생 언니인 하영이에 대한 불만을 늘어놓았다. 자기와 마음이 맞지 않고 모둠을 챙기기보다 남자친구인 상훈 오빠와만 논다는 것이었다. 아마도 다른 모둠과 달리 여자들로만 구성된 데다 조장인 하영이를 포함해 두 명이나 제주 여행에 참여하지 않았던 (아이들 표현대로 하자면) '뉴페이스'였던 점도 영향이 있을 듯했다. 하지만 내 대답은 단호했다.

"유진아, 삼촌은 사람을 만나고 관계를 익혀가는 것도 여행이라 생각해."

유진이는 자신의 감정에 솔직한 점이 매력인 아이다. 하지만 이번 기회에 '함께하는 여행'에 대해서도 배울 수 있기를 바랐다. 관계란 것은 일방적인 것이 아니어서 당연히 하영이도 힘들어 보였다. 그도 아이들보다 겨우 몇 살 더 많은 대학교 1학년생일 뿐이고, 스스로의 몸과 마음을 적응하기에도 힘든 낯선 타국에서 어린 동생들을 이끄는 것이 보통 일은 아닐 것이었다. 그래서 남자친구인 상훈이에게 기대게 되는 모양인데, 그것이 아이들에게 서운함을 주는 것인지도 몰랐다.

담요를 뒤집어쓴 유진이에게 다가갔다.

"몸이 아픈 건 아니지?"

유진이는 누운 채로 고개를 끄덕인다.

"마음이 아픈 거지?"

이번에도 고개만 끄덕인다.

"그래도 마음이 오래 아프면 몸도 아파지거든. 알지?"

이번에는 작은 목소리로 알겠다고 한다. 유진이의 어깨를 가만히 두드려주고 돌아서는데 아내가 웃고 있다. 좀 전에 자기도 똑같은 말을 유진이에게 했단다.

기차는 밤을 가르고 달렸다. 바람을 타고 오는 열대의 열기가 다소 누그러져 있었다. 아이들은 침대칸 아래위로 누워서도 쉬 잠들지 않았다. 덜커덩덜커덩. 내가 좋아하는, 막막한 것 같으면서도 어쩐지 자유로운 냄새가 묻어나는 늦은 밤의 공기가 열차 안을 배회했다. 바란다면, 유진이의 씩씩한 모습을 내일 아침에 다시 볼 수 있기를.

©양나운

아이들의 일기

오늘은 다른 날보다 일찍 일어났다. 왜냐하면 기차를 타야 하기 때문에. 음핫핫! 우리 조는 아침밥을 먹으러 쌀국수 집을 갔다. 처음에는 쌀국수가 맛날 줄 알았는데 느끼한 게 된장찌개와 밥과 김치를 먹고 싶었다! 그래도 이왕 태국에 온 거 쌀국수는 먹어야 여행 온 기분이 날 것 같아서 맛있게(?) 다 먹었다. (중략) 다시 숙소에 모여서 기차를 타러 갔다. 우리가 좀 늦어서 뛰어야 할 상황이었는데 정말 스릴이 넘쳤다. 하마터면 기차를 못 탈 수도 있었지만 우리가 너무 착해서 하늘이 우리 손을 들어준 것이다.

- 신수경

지금 나는 기차 안에 있다. 태어나서 처음으로 기차를 타야 한다니까 겁부터 났지만 기차에서 밥 먹고 카드게임을 하니까 시간 가는 줄을 잘 모르겠다. 오늘 기차를 타기 전에 한국 여행사에서 엄마와 통화를 했다. 엄마가 너무너무 보고 싶었다. 통화하면서도 튀어나오는 '엄마의 자연스러운 잔소리.' 평소에는 엄청 싫었는데 오늘은 마냥 좋았다. 또 통화하고 싶다. 아빠에게는 다음에 전화할 기회가 있으면 해야겠다. 내일은 또 어떤 일이 일어날지 궁금하다.

- 양나운

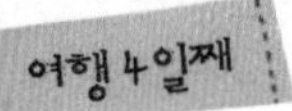

오늘 하루 길잡이는 열다섯 살 나운이

치앙마이에서 숙소 구하기

치앙마이 기차역에 도착했을 때는 이른 아침이었다. 뚝뚝을 타고 타패 게이트Tha Pae Gate로 나올 때까지도 열대의 열기는 아직 시작되지 않았고, 아이들 눈동자에는 잠이 안개처럼 부옇게 남아 있었다. 옛 왕국의 수도답게 성곽은 견고하고 아름다웠으며 광장에는 이른 아침의 몽롱한 기운이 그림자처럼 서성이고 있었다.

첫 미션을 시작하기에 좋은 날이었다. 아이들을 불러 모았다.

"오늘부터 숙소는 모둠별로 알아서 구하기다."

아내는 아이들에게 1박 2일간 치앙마이에 머물 동안 잠자리, 먹을거리, 구경거리를 얻는 데 필요한 비용을 나눠주었다. 사실

이른 아침의 낯선 도시라면 굳이 어린 여행자가 아니라도 충분히 막막할 만했다. 그런데도 아이들은 군소리 하나 없이 재잘재잘 숙소 사냥에 나섰다. 배낭을 지고 성문 안으로 들어서는 아이들의 발걸음에는 오히려 설렘이 묻어 있었다. 한 모둠은 왼쪽 길로 또 한 모둠은 오른쪽 길로 각자의 길을 택했다. 아내와 나는 직진하기로 했다. 미리 가이드북에서 보아둔 게스트하우스가 있었다. 마지막 남은 희경이네 모둠이 우리 부부를 따라오는가 싶더니 곧 오른쪽 골목으로 사라졌다. 그런데 지도 축척이 잘못되었는지 생각보다 제법 멀었다. 배낭의 무게가 어깨를 짓누르기 시작할 즈음 게스트하우스를 찾아냈다. 하지만 성수기답게 가

격이 훌쩍 올라 있었다. 잠시 갈등하다가 결국 발을 돌렸다. 다른 숙소를 알아보기 위해 방황을 시작한 지 30여 분. 겨우 마땅한 게스트하우스를 하나 구해 배낭을 내려놓고 보니 아이들이 걱정됐다. 성수기에다 아직 방이 비기 전인 이른 아침이어서 숙소 구하기가 만만치 않을 것이었다. 아내와 나는 바쁜 마음에 쌀국수로 간단하게 아침을 해결하고 아이들과 만나기로 약속한 게이트 광장으로 나갔다. 막 성문을 나서 광장으로 발을 들여놓는 순간.

"이모! 삼촌!"

아이들이 앞다투어 달려왔다. 그러고는 팔짝팔짝 뛴다. 누가 먼저랄 것도 없이 숨 가쁘게 자기들이 구한 숙소를 자랑하기 시작했다. 먼저 수경이다.

"우리 숙소 대박이에요. 방이 진짜 크고요, 풀장도 있어요."

다른 아이들도 질세라 자기들이 구한 숙소를 연달아 자랑했다. 방이 '엄청' 깨끗하고 침대도 '대박' 좋다고 했다. 가격도 싸고 《론리 플래닛》에서 추천한 숙소이며 매니저가 진짜 친절하다고도 했다. 길에서 '샘'이라는 재미있는 아저씨를 만났는데 그가 안내해준 곳이라는 설명을 덧붙이는 녀석도 있었다. 아이들의 이야기 속에는 '진짜'와 '엄청'과 '대박'과 같은 절대 만족의 단어들이 진짜 엄청 대박 날아다녔다. 서로 침을 튀기며 자신들의 게스트하우스를 자랑하는데, 누가 보면 그곳 게스트하우스에서 고용

한 임시 삐끼로 오인할지도 모를 정도였다.

그날 아침 아이들은 하룻밤 묵어갈 잠자리를 마련한 것이 아니라 마치 모래사막에다 새로운 도시를 하나쯤 건설한 것처럼 좋아했다. 그만큼 스스로를 자랑스러워하는 듯 보였다. 그 흔적은 아이들의 일기장에도 그대로 남아 있다.

조끼리 숙소를 구하러 갔다. 풀장이 있다고 해서 기대도 조금 했다. 방은 원더풀했다. 수경이랑 나랑 둘이 쓰기엔 매우 넓었다.

- 김도솔

여행의 재미 중 하나가 숙소 찾기인 것 같다. 오늘 가장 기대했던 숙소 찾기는 아주 만족스러웠다. 350바트(우리 돈으로 약 1만 2천 원)를 준 숙소에는 침대 두 개에 냉장고, TV까지 있었다.

- 박성호

아침에 숙소를 잡는데 샘이라는 사람이 막 계속 웃는다. 그래서 우리도 가끔 샘을 따라 웃는다. 그렇게 숙소를 잡았다.

- 주영준

숙소를 잡고 난 후 나중에 다 같이 모이자 숙소 자랑을 했는데 다른 조도 숙소를 무척 잘 잡은 것이었다. 유진이 언니랑 나도 질 수 없어서 막 자랑을 해댔다. 재밌었다.

- 남서희

우리끼리 잡은 숙소가 너~무 마음에 들어서 눈물이 날 뻔했다.

- 김하영

무언가를 스스로 한다는 것. 더군다나 낯선 이국의 도시에서 부모나 교사의 도움 없이 무언가를 스스로 해결해냈다는 것. 그것은 아무리 작은 것일지라도 마냥 신기하고 자랑스러운 경험일 것이 틀림없다.

몇 년 전에 두 아이를 키우는 친구에게서 이런 이야기를 들었다. 자정이 가까운 서울특별시의 초등학교 운동장에 가면 볼 수 있는 진풍경인데, 자동차 헤드라이트가 불빛을 비추는 가운데 아이들이 과외교사와 함께 줄넘기를 하고 있다는 것이었다. 이른바 초등학교 줄넘기 과외 열풍이다. 언제부터인가 우리 사회는 영어나 수학뿐 아니라 요리를 하고 기타를 치고 심지어 놀이를 하고 줄넘기를 하는 것까지도 과외를 받거나 학원을 다녀야 할 것으로 만들어놓았다. 그래서 중고등학생은 물론이고 대학생이 되어서도 학원을 가지 않고 스스로 무언가를 배운다는 것에는 엄두를 내지 못하는 아이들이 많다. 작은 것 하나라도 직접 성취함으로써 자아감을 획득하기보다는, 눈앞의 경쟁에서 살아남기 위한 프로그램에 아이들의 몸과 마음을 맞추어온 결과일 것이다.

아이들은 각자의 게스트하우스 주소와 연락처가 적힌 명함을 내게 건넸다. 우리 부부가 묵을 게스트하우스의 명함도 각 모둠별로 하나씩 나누어 가졌다. 이로써 치앙마이에서 서로의 위치를 파악할 수 있는 최소한의 연락 체계를 확보한 셈이었다.

이제 치앙마이 투어를 시작할 시간. 나는 오늘 하루 하영이네 모둠과 다니기로 했다. 모둠을 바꾸어달라는 유진이의 요구를 들어주지 않는 대신 동행을 선택한 것이다. 우리는 치앙마이의 여러 사원들을 돌아다녔다. 치앙마이에서 가장 큰 사원이라는 왓 체디루앙 Wat Chedi Luang에도 갔고, 가장 오래된 사원이라는 왓 치앙만 Wat Chiang Man에도 들렀다. 아이들은 처음에는 사원의 크기와 오래된 시간의 흔적에 놀라고 즐거워했지만 곧 도시 곳곳에 넘쳐나는 사원에 질린 듯했다.

이 모둠은 무엇을 보러 갈지는 하영, 유진, 나운, 서희 이렇게 네 명의 조원들이 함께 의논하고, 길을 찾는 것은 중학교 2학년인 나운이의 몫으로 했다. 말하자면 나운이가 '오늘의 길잡이'인 셈이었다. 지도 한 장을 들고 앞장서 걷는 나운이의 얼굴에는 내

내 팽팽한 긴장감이 서려 차라리 비장하기까지 했다. 꼬깃꼬깃 접어 두 손에 쥔 지도와 이정표를 번갈아 살피면서 길을 잃지 않으려고 애쓰는 모습이 여간 진지한 것이 아니었다. 하지만 나로서는 귀여워 자꾸만 웃음이 새어나오는 걸 참아내느라 애를 먹었다.

두 번째 사원에서 나와 걷고 있을 때였다. 자전거를 탄 윤미와 승현이를 만났다. 자기네 모둠 친구들을 찾고 있었다. 잠시 후에는 자전거를 탄 희경이가 나타났다. 숨바꼭질하듯이 그 녀석도 다른 친구들을 찾고 있었다. 자전거를 빌려 돌아다니다 뿔뿔이 헤어진 듯했다. 이 모둠은 윤미와 희경 두 고등학교 2학년 단짝과 함께 남학생 성호와 승현이를 묶어주었더니 이방의 도시를 붕붕 날아다닌다. 끈이라도 달아놓지 않으면 수소가스를 채운 풍선처럼 하늘로 휘익 날아가버리지나 않을까 염려가 될 지경이다. 그렇게 다른 모둠의 친구들을 만나 반갑게 이야기를 나누는 동안에도 길잡이 나운이는 사거리 모퉁이에 서서 몇 번이고 지도를 확인하고 있었다.

이름이 기억나지 않는 또 하나의 사원을 더 방문하고 나서야 오늘의 투어가 끝났다. 나운이는 하루 동안 실수 한 번 없이 길잡이 역할을 완수해냈다. 그런데 세상에, 긴장이 풀리면서 그제야

비로소 환하게 밝아지던 그 아이의 얼굴이란! 이른 봄날 오후 매일 지나다니던 길가에 느닷없이 피어 있던 들꽃처럼 예쁘게 빛났다. 자신을 믿어주는 사람들에 대한 책임감이란 그런 것인가 싶었다.

내가 직접 지도를 보고 안내하며 제일 오래된 사원에 가서 소원을 빌었다. 지도를 잡았을 때의 부담감은 정말 말로 표현할 수가 없었다. 그래서 더더욱 집중해서 헤매지 않고 한 번에 찾아갔다.

- 양나운

그날 저녁, 여행을 떠나고 처음으로 모두 함께 식사를 했다. 아이들은 하루 동안 생겨난 이야기들을 내어놓느라 시끌벅적했다. 그런데 아이들이 요리를 주문하는 모습을 보고 있자니 그것에도 몇 가지 유형이 있었다. 첫 번째는 한 번이라도 먹어보았거나 잘 알고 있는 요리를 고집하는 아이다. 다른 하나는 무턱대고 이름도 낯선 새로운 요리에 도전하는 녀석이고, 마지막 유형은 형이나 언니, 친구들의 요리를 무작정 따라서 시키는 꼬맹이들이다. 어쨌거나 이제 메뉴판을 들여다보며 요리와 음료수를 주문하고 음식이 나오기까지의 시간을 즐기는 폼들이 제법이었다. 여행자티가 조금씩 난다는 뜻이다. 오늘 하루 스스로의 생각대로 숙소를 구하고 관광을 하고 요리를 찾아다닌 그 시간들이 그렇게 어린 여행자들에게 스며들고 있었다.

ⓒ서유진

하루면 닿을 길을 5일 동안

드디어 라오스 국경을 넘다

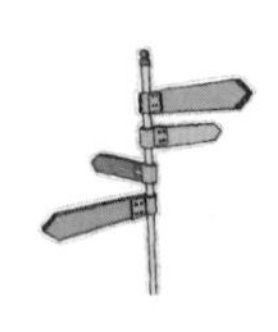

국경을 넘는 날이다. 그동안 숱하게 국경을 넘어봤지만 그래도 나는 여전히 이날이 설렌다. 배낭을 메고 두 발로 나라의 경계를 넘어설 때면 왠지 모르게 내 안에 존재하는 생각의 경계 또한 넘어서는 것 같아 그냥 기분이 좋아지곤 한다.

라오스로 입국하는 데에는 여러 길이 있다. 그중에서 가깝고 빠른 길을 두고 굳이 멀고 힘든 길인 북부지역 훼이싸이Huay Xai 국경을 선택한 것은 순전히 아이들을 고생시키기 위한 것이었다. 비행기를 타고 슈욱 이륙했다가 휘익 착륙하는 것과는 다른 방식으로 국경을 넘어보게 하고 싶었다. 이를테면 기차에서 밤

을 새운 다음 온종일 장거리 버스를 타고, 국경에 직접 다가서기 위해 뚝뚝이나 오토바이 신세도 져야 하며, 결국에는 무거운 배낭을 멘 채 터벅터벅 걸어야만 비로소 넘을 수 있는 그런 국경. 그래야 국경이라고는 TV나 통일전망대에서 본 38선 정도가 전부인 이 아이들에게 국경이 그저 지도 위에 그어진 선이 아니라 그곳 사람들의 삶과 함께 살아 있는 무엇임을 전할 수 있을 것 같았기 때문이다. 그런데 요 며칠 아이들을 보고 있으면 그들은 마냥 즐겁기만 하고 고생은 아내와 내가 대신 도맡아 하고 있는 기

분이었다.

아이들은 타패 게이트 광장으로 모여들었다. 치앙마이의 부연 새벽안개가 그들의 발걸음에 채여 천천히 걷히고 있었다. 아직 라오스 국경까지는 먼 길이 남아 있었다. 아이들 손에 들린 통닭, 피자, 음료수, 과일 봉지 등속이 오늘 우리가 가야 할 길이 아주 멀다는 사실을 말해주는 것 같았다. 일단 국경 도시 치앙콩Chiang Khong까지가 일곱 시간. 하루에 버스를 일곱 시간이나 타는 것은 대부분의 아이들이 처음 경험해보는 일이었다. 그들의 표현처럼 여행은 매일매일이 처음 해보는 일들의 연속이다. 우리가 탄 버스에는 한 열에 다섯 개씩의 의자가 놓여 있었다. 이렇게 생긴 버스 역시 아이들에겐 처음이겠지. 버스는 빈자리 없이 꽉 들어차서 비좁고 답답했다. 그래서인지 시간이 더욱 가늘고 더디게 흐른다. 카드게임과 수다로 밤늦도록 놀았음이 분명한 아이들과 감기에 걸려 힘들어하는 아내는 줄곧 잠을 잤다.

버스는 치앙콩에 도착했다. 우리는 뚝뚝을 잡아탔다. 황톳길을 따라 20여 분쯤 달렸을까. 뚝뚝 기사는 길을 따라 길게 형성된 작은 마을에 우리를 내려놓았다. 국경 마을이다. 조금 들뜬 듯 무심한 듯, 가벼운 듯 무거운 듯, 나른한 듯 쓸쓸한 듯, 흑과 백의 사이 그 어디쯤에 속할 절묘한 분위기가 이를 말해주고 있었다. 내린 곳에서 다시 배낭을 메고 10여 분을 걸어가자 강이 보이기 시작했다. 메콩Mekong 강이다. 티베트 고원에서 발원해 태국과 라오스를 가르고 캄보디아를 끼고 돌아 베트남으로 흘러드는, 바로 그 4,400여 킬로미터의 장엄한 물줄기 메콩 강이 눈앞에 나타난 것이었다.

아이들은 탄성을 질렀다. 강이 바로 내려다보이는 국경관리사무소에서 출국신고서를 작성했다. 강 너머에는 라오스의 마을이 또렷이 보였다. 훼이싸이였다. 우리는 모터의 동력으로 움직이는 작은 거룻배 두 척을 나누어 타고 강을 건넜다. 5분이나 걸렸을까. 라오스 땅에 감격스러운 첫발을 내려놓을 수 있었다.

그렇게 길고 긴 '국경 넘기'가 끝났다. 방콕에서 비행기를 갈아타면 하루 한나절 만에 다다를 수 있는 길을 장장 5일 만에 도착한 셈이다. 그런데 정작 국경 자체를 넘어서는 절차는 너무나 간단했다. 아이들은 그것마저 재미있어했다.

"진짜 신기해요! 강 하나를 사이에 두고 이쪽은 태국인데 저쪽은 라오스잖아요!"

"여권에 도장 받고 배 5분 타니까 내가 다른 나라에 와 있다는 게 진짜 재미있어요!"

긴 하루를 마치며 강가에 있는 레스토랑에서 라오스에서의 첫 식사를 했다. 아이들은 가진 돈과 메뉴판의 가격을 비교하느라 시끌벅적했다. 태국보다 물가가 다소 떨어진 것이 즐거운 모양이었다. 내가 시킨 라오 비어와 카오 냐오(찐 밥)가 가장 먼저 나왔다. 작은 대나무 밥통에 담겨 나온 찐 밥을 보니 라오스에 도착했다는 게 비로소 실감이 났다. 주물럭주물럭. 찐 밥을 손으로 주무르며 라오스 사람들처럼 먹는 방법을 아이들에게 보여주었다. 당장 따라하는 녀석이 있고 손으로 밥을 주무르는 일이라 주저하는 녀석도 있다. 식사가 끝나고, 환전할 시간이 없었으니 식사비는 내가 한꺼번에 계산할 거라고 공지했다. 그 순간 예상치 못한 환호와 탄식이 동시에 터져나왔다.

"앗싸!"

"그럴 줄 알았으면 음료수도 시키는 건데."

환호하는 아이들은 먹고 싶은 것을 맘껏 시킨 녀석들이고 탄식하는 아이들은 돈을 아끼느라 요리도 싼 걸로 주문하고 음료수는 시키지도 않은 녀석들이다. 아이들의 환호와 탄식 속에 길었던 하루해가 기울었다. 강물을 타고 흐르는 태양빛을 따라 우리의 본격적인 라오스 여행이 시작되고 있었다.

아이들의 엽서

엄마, 나 지금 라오스야. 태국에서 배로 강을 건너 국경을 넘었어. 어제는 자전거를 일곱 시간 탔는데 오늘은 버스를 일곱 시간 탔어. 내 체력이 이 정도란 데에 나도 놀랐어. 잠을 적게 자는데도 힘들지 않아. 여행의 힘일까?

이곳에 와서야 현재를 느낄 수 있어. 흐르는 메콩 강을 보고 있노라면 아무 걱정 없는 잠시를 느낄 수 있거든. 멋진 광경을 잊지 않으려고 눈에, 사진기에 꼭꼭 담아두고 있어. 다행히 아직은 한국 음식이 먹고 싶지는 않지만 엄마 아빠는 보고 싶어.

다음에는 같이 오자. 엄마, 사랑해.

- 엄마의 사랑스런 큰딸, 서윤미 씀

여행이란 때로는 이유 없이 낯선 마을에 머무는 것

국경 도시 훼이싸이에서의 하루

비가 내렸다. 게스트하우스의 매니저는 이를 두고 전에 없던 일이라고 했다. 건기에 하루 종일 내리는 비라니. 그는 입술을 굳게 다물고 머리를 좌우로 흔들었다. 한창 푸르스름하게 맑고 투명해야 할 메콩 강이 우기 때처럼 누런 흙탕물이라는 것이다. 기후 변화는 계절에 따라 달라지는 강의 색깔마저도 바꾸어놓는 모양이었다. 우리는 계획과 달리 훼이싸이에서 하루 더 머물기로 했다. 건기에 내리는 염치없는 비 때문이 아니라 아내의 감기몸살이 심해져서다. 아이들은 작고 한적한 이 마을이 마음에 드는지 하루 더 쉬어가는 것을 반겼다.

나는 비가 내리는 아침 거리로 나섰다. 길은 메콩 강을 따라 길게 누워 있었고, 마을은 그 길을 따라 한 줄로 서 있었다. 마을 중심부는 게스트하우스, 식당, 식료품점 같은 건물들이 띄엄띄엄 마주 보고 있는 형태였다. 천천히 마을 가게들을 뒤지기 시작했다. 중국산 귤이나 사과, 바나나 등 비타민C를 섭취할 수 있는 것이라면 가릴 것 없이 사 모았다. 레몬은 어느 가게에도 없어 결국 전날 식사를 했던 레스토랑에서 요리용으로 보관하던 것을 구했다. 생 레몬을 듬뿍 짜고 설탕을 넣어 아내에게 레몬차를 타줄 생각이었다.

과일 봉지를 들고 숙소로 돌아오는 길. 열여덟 살 동갑내기 희경이와 윤미가 반대쪽 끝에서 뛰다시피 걸어오고 있었다. 꽤나 분주한 얼굴들이다.

"일찍 일어났네. 어딜 갔다 와?"

"아, 삼촌! 케이크 알아보느라고요. 그리고 있잖아요. 정호는 반팔 티셔츠 사주고요, 상훈 오빠는 라오 비어 두 병 사주려고요."

스무 살 상훈이와 열여섯 살 정호의 생일이었다. 저녁에 깜짝 파티를 열어주겠다고 어젯밤부터 자기들끼리 돈을 걷는다 어쩐다 해서 조금 보태주기도 했다. 아마 아이들은 저걸로 오늘 하루 심심치 않게 놀 모양이었다.

"아, 그리고 새벽에 사원에도 올라갔어요."

"정말? 좋았어?"

"네! 그런데 비가 와서 강은 안 보였어요. 그리고 시장에도 갔고 초등학교에도 갔어요. 아이들이 진짜 귀여워요. 우리가 가니까 맨발로 막 달려와요."

지난 며칠, 윤미와 희경이를 보고 있으면 그냥 기분이 좋았다. 통통 튕기듯 녀석들의 발걸음에는 자유로움이 배어 있었다. 누구보다도 현재의 시간을 맘껏 즐기고 있는 듯했다. 처음 대하는 모든 낯선 것들에 어찌나 긍정적이면서도 에너지가 넘치는지, 저러다 혹 사고라도 나지 않을까 염려가 생길 정도였다. 저런 에너지를 하루 종일 학교 책상에 앉아 영어 단어나 수학 문제와 씨름하며 소비해야 한다는 사실을 떠올리니 마음이 아파왔다. 이 아이들에게는 이번 여행이 고3을 앞두고 내린 쉽지 않은 결정이었던 만큼 또 다른 의미로 오래 남길 바랄 뿐이다.

태국에서 라오스로 와서 느낀 게 하나 있는데 이곳 사람들은 굉장히 수줍음이 많지만 인사를 건네면 환하게 웃어주고 차가 많이 다니지 않아 소음도 매연도 없다는 거야. 라오스의 첫인상은 조용하고 따뜻한 시골 마을 같아. 아직 하루밖에 안 됐지만 이곳 라오스가 난 벌써 좋아졌어.

– 신희경

하지만 모든 아이들이 희경이와 윤미처럼 부지런히 마을을 탐험하고 다닌 것은 아니었다. 비옷을 입고 그냥 거리를 하릴없이 왔다 갔다 쏘다니는 아이가 있는가 하면, 오전 내내 밀린 잠을 자거나 방 안에서 뒹굴며 TV를 보고 카드게임을 하는 아이들도 있었다. 또 비가 좋아 이층 테라스에 앉아 키 작은 마을 위로 내리는 비를 가만히 바라보는 아이와 반대로 비가 싫어 침대에 웅크리고 일기를 쓰거나 책을 읽는 아이도 있었다. 여행을 하다보면 여행이란 낯선 곳을 향해 떠나는 것이지만 때로는 이유 없이 낯선 마을에 머무는 것임을 알게 된다. 그들에게 주어진 하루의 시간을, 아이들은 각자의 도시에서 서로 다른 이유로 떠나왔듯이 또 그렇게 자기만의 방식으로 즐기고 있었다.

오후에는 아이들의 방들을 하나씩 돌아보았다. 남자애 여자애 할 것 없이 짐들을 다 풀어헤쳐 온 방 가득 늘어놓았다. 저렇게 해놓고도 지금껏 특별히 잃어버리는 물건 없이 여행하고 있다는 사실 자체가 그저 신기할 따름이었다. 그러다 상훈이네 모둠이 묵고 있는 게스트하우스에 들렀다. 한 아이가 이불을 뒤집어쓰고 자고 있었다. 열여섯 살 도솔이다. 같은 방을 쓰는 수경이 말이, 오늘 계속 저렇단다.

"삼촌, 그런데요, 언니가 밥을 아예 안 먹어요."

"밥을 안 먹어? 왜?"

"오늘만이 아니고요, 계속 그래요."

여행 떠나고 6일째다. 도솔이가 그동안 밥은 안 먹고 빵이나 과자, 음료수만 먹어왔다는 이야기였다. 너무 놀랐다. 나한테 화도 났다. 아이가 며칠째 밥도 제대로 안 먹고 있는데 그 사실을 여태 몰랐다니. 도솔이는 아빠를 닮아 씩씩하고 성격이 무던해서 걱정도 하지 않던 아이인데. 잠시 마음을 진정시키고 도솔이를 깨워 앉혔다.

"도솔아, 어디 아픈 거니?"

"아니에요, 삼촌. 그냥 잠이 와서요."

나는 짐짓 굳은 표정을 지으며 재차 물어본다.

©서윤미

"그런데 너, 밥을 안 먹는다며?"

"그냥, 좀 이상할 것 같아서……."

"너 안 먹어봤잖아. 이상한지 아닌지."

"……."

"도솔아. 삼촌 봐봐. 밥은 눈으로 먹는 게 아니야. 입으로 먹는 거지. 쌀국수나 카오 판(볶음밥)을 먹어보면 우리나라 음식이랑 비슷해."

"냄새가요."

나는 아이와 눈을 맞추고 단호하게 이야기했다.

"좋아, 이렇게 하자. 오늘부터 당장 밥을 먹어. 만약 그렇지 않으면 모레 루앙프라방Luang Prabang에 도착하자마자 비행기 태워

©서유진

서 널 한국으로 보내버릴 거야. 정말이다. 어떻게 할래?"

"……."

"먹을 거지?"

"네……."

"우리가 하는 여행은 절대 편한 여행이 아니야. 너도 알잖아. 에너지가 많이 필요하다고. 삼촌 말 무슨 뜻인지 알지?"

도솔이가 내 눈을 쳐다보며 보일 듯 말 듯 고개를 끄덕이고 들릴 듯 말 듯한 소리로 "네" 하는데 마음이 짠해졌다. 혼을 내는 내 마음을 이해한 것 같아 고맙기도 하고 그간 특별하게 이야기 나눌 기회가 없었던 것이 미안하기도 했다.

저녁이 되어 강변 레스토랑에 다 같이 모였다. 짜잔. 깜짝 생일 파티가 시작되었다. 이런 시골 마을에서 어떻게 구했는지 생일 케이크가 식탁 한가운데에 놓였다. 라오 비어 두 병을 받아든 상훈이는 입이 잔뜩 벌어졌고 정호는 반팔 티셔츠를 그 자리에서 바로 입어 보였다. 유진이는 오전 내내 만든 대형 축하 카드를 건넸고 성호와 승현이는 숙소에서 잡은 도롱뇽 한 마리를 정호에게 선물했다. 우리는 식당이 떠나가라 생일 축하 노래를 불렀다. 태어나 처음으로 이국에서 생일을 맞은 두 녀석은 상기된 얼굴로 케이크의 촛불을 껐다. 낯선 여행길에서 친구들과 함께 강물

소리를 배경으로 생일 파티를 가진 오늘 저녁을 그들은 오랫동안 잊지 못할 것이다.

그리고 그날 도솔이는 처음으로 라오스 볶음밥 차오 판을 먹었다.

"생각보다 맛있어요. 크크."

조금 시크하긴 했지만 아이의 반응은 기대 이상이었다.

아이들의 일기

오늘은 나의 생일이다. ㅋㅋ. 정말 기분이 좋았다. 근데 향미 이모가 아프셔서 걱정이었다. 빨리 쾌차하시면 좋겠다.

카드를 하다가 밖에 나갔는데 비가 내리고 있었다. 우리는 비를 맞으며 식당을 찾고 밥을 맛있게 먹었다. 저녁을 다 같이 먹는다고 해서 갔더니 나와 상훈이 형의 생일이라고 파티를 해주었다. 진짜 고마웠다. 유진이 누나와 수경이는 편지를 써주고 나머지는 돈을 모아 티셔츠를 사주었다.

나는 오늘의 생일 파티를 절대 잊지 못할 것이다. 티셔츠는 평생 보관할 것이다. 매우 즐거웠다. 그리고 행복하다.

- 박정호

산 위에 있는 사원에 갔는데 공사 중이라 법당 안에는 들어가 보지 못했지만 강아지를 만났다. 라오스 사람들이나 개나 고양이나 아기가 다들 순하고 다른 사람을 경계하지 않는다.

메콩 강 반대편의 태국 땅을 보면서 든 생각인데, 이런 환경에서 사는 사람들에게는 두려움이 생길 수 없을 것 같다. 욕심이 많은 것도, 타인을 경계하는 것도, 타인에게 불친절한 것도 결국 두려움 때문이라고 생각한다. 하지만 메콩 강을 뒤에 두고 스쿠터를 타며 사는 사람들에게 어떤 두려움이 존재할 수 있을까. 그들의 생활 속으로 들어가면 또 모르겠지만 적어도 지금 내가 보는 여기 사람들은 우리보다, 나보다 두려움이 훨씬 적다.

사원에서 만났던 강아지. 그 강아지도 곧잘 앉아서 눈도 맞추고 손바닥도 핥아주고 하는 게 정말 예뻤다. 사람은 자연을 닮고 사람과 사는 동물은 사람을 닮겠지.

- 김하영

2

어른 없이 참견 없이 라오스를 누비다

흐르는 메콩 강을 따라 가는 길

1박 2일 동안 배 타고 루앙프라방까지 ①

먼저 강에 대해 이야기해야겠다. 라오스 사람들에게 강은 '어머니'나 마찬가지다. 실제로도 '메콩'이란 '메남콩Mae Nam Khong' 즉, '어머니 강'의 줄임말이기도 하다. 그들은 이 강에서 물고기를 잡고, 식수를 얻고, 그 물로 벼를 기르고, 한낮의 뜨거운 태양 아래 수고한 몸을 담그며 휴식한다. 강이 만들어준 물길을 따라 상인의 이름으로 혹은 여행자가 되어 한 생애를 오르내린다. 또한 강을 따라 마을을 이루되 호수처럼 강폭이 넓어지는 곳에는 비엔티안Vientiane이나 루앙프라방 같은 대도시를 건설했다. 이렇듯 강은 그들에게 식수이자 물고기이고 목욕탕이며 길이자 도시의 근원이다. 그래서일까. 지도를 펼쳐 확인하는 라오스 땅은 구불구불 흘러가는 강의 모양을 그대로 닮아 있다.

오늘은 아이들과 함께 이 강을 타기로 했다. 그것도 1박 2일 동안. 다음 목적지인 루앙프라방까지는 뱃길로 꼬박 이틀이 걸릴 테고 우리는 빡벵Pakbeng이라는 작은 강변 마을에서 하룻밤 묵어갈 예정이었다. 이틀이라는 시간 동안 강 따라 배를 타고 여행한다는 것이 흔치 않은 일이다 보니, 이 뱃길은 세계 여러 배낭여행자들에게 꽤나 인기 있는 코스이기도 했다.

아침부터 비가 살금살금 내렸고, 우리는 그 비를 맞으며 게스트하우스에서 선착장까지 2킬로미터 정도 걸어 일명 '슬로 보트'를 탔다. 슬로 보트는 메콩 강을 여러 날 동안 느리게 오르내린다고 해서 여행자들 사이에 붙여진 애칭이다. 우리가 탄 배는 좁고 길다랗게 생겼는데 의자가 한 열에 네 개씩 전부 스무 줄 정도 놓여 있었다. 앞쪽에는 우리나라 시골 기차역 대합실에서 볼 수 있던 긴 나무 널판을 서너 개씩 붙여 만든 의자들이 있었고, 뒤쪽으로는 폐차하는 버스에서 뜯어와 다리에 각목을 대고 고정한 것처럼 보이는 의자들이 있었다. 그 뒤편으로 과자나 음료수, 맥주 등을 파는 간이 판매대가 있고 그 너머는 엔진 소음이 요란한 기관실이었다.

아이들은 1박 2일 동안 함께할 배가 마음에 드는지 어떤지 가

방만 던져두고는 곧바로 놀이를 시작할 태세였다. 혹여나 좌석이 없을까 해서 한 시간이나 일찍 나왔으니 배가 출발할 때까지 시간은 충분했다. 그때 내 앞자리에 앉아 있던 하영이가 놀라는 소리가 들려왔다. 의자에서 도마뱀이라도 기어 나왔나 했더니, 도마뱀이 방 안 벽면을 마구 기어 다니던 사바이디 게스트하우스에 아끼는 MP3를 두고 온 것이었다. 유독 에피소드가 많았던 1박 2일 슬로 보트 여행의 첫 해프닝은 그렇게 시작되었다. 하지만 정작 주인공은 하영이 아니라 남자친구인 상훈이였다. 그의 일기를 통해 직접 사연을 들어보기로 하자.

미드를 보려고 하영이의 MP3를 찾는데 없었다. 그렇다. 숙소에 두고 온 것이다. 그렇게 비극이 시작되었다. 배려와 희생이 취미인 하영이는 같이 가겠다는 나를 말리고 혼자 길을 떠났다. 그러나 하영이는 우비를 챙기지 않았다. 하영이는 몸살로 고생하고 있어서 더 이상 비를 맞으면 안 됐고, 난 그 길로 우비를 들고 하영이의 뒤를 따라갔다. 배 출발 시간은 10시. 9시 50분쯤 게스트하우스에 도착했지만 그곳엔 아무도 없었다. 그래 다 꼬인 거야. 이때 알바생의 한마디. "The lady already gone(여자 분은 이미 갔어요)." 난 그길로 뛰었다. 난 오래달리기도 잘 못한다. 게다가 조리를 신고 있었다. 하지만 뛰었다. 낙오되기 싫었다. 아니, 안 됐다. 나에겐 돈이 없었다. 국제 미아가 되기 10분 전인 것이다.

다행히 10시 2분 전 도착. 국제 미아가 되는, 셰익스피어의 비극보다 더 슬픈 비극을 피할 수 있게 되었다. 그러나 결말은 날 더 비참하게 만들었다. 배가 12시 20분에 출발했다는 것.

크크. 남자의 운명(?)은 그런 것일까? 상훈이가 맨발에 조리를 질질 끌며 죽을힘을 다해 왕복 4킬로미터의 길을 뛰어다닐 때, 하영이는 갈 때는 오토바이를 히치하이킹하고 돌아올 때는 게스트하우스 매니저의 트럭을 얻어 타고 온 것이다.

"상훈아, 여행이란 게 그런 거야. 사서 고생하는 거."

선착장을 떠난 배는 쉬지 않고 달렸다. 아이들은 배 밖 풍경에는 눈길을 주지 않고 마냥 놀았다. 놀이는 언제나처럼 카드게임 '마이티'와 눈치 게임 '마피아'지만 반복되는 지루함 같은 것은 누구에게서도 찾아볼 수 없었다. 똑같은 게임을 매일 반복해도 질리지도 지치지도 않는 것이 이 아이들의 최대 장점인 셈이었다. 마치 아이들은 그동안 놀지 못했던 한을 이곳 라오스의 강물에 다 풀어놓고 있는 것만 같았다.

배 밖으로 평화로운 풍경들이 이어졌다. 강가의 아이들이 모래밭을 뛰어다니며 공을 차고, 아낙들은 빨래를 하고, 젊은 어부는 밤새 쳐둔 어망에 물고기가 들었는지 살펴본다. 강물에 몸을 담그고 이른 목욕을 하는 이들도 있다. 여행자의 눈길이 닿는 곳마다 푸른 원색의 삶이 강에 기대어 있고 강은 삶의 모든 조건들을 대가 없이 물살에 실어낸다.

그런데 아내와 나는 마음이 편치 않았다. 이토록 풍성한 라오스의 자연과 삶을 등진 채 아이들의 놀이와 게임이 때와 장소를 가리지 않고 이어졌기 때문이다. 이동하는 날이면 아이들은 놀이에 빠져 있는 시간을 제외하고는 곤한 얼굴로 잠이 들어버렸다. 아무리 많은 것들을 가져다놓아도 결국 자기가 보고 싶은 것만 보고 자기가 배우고 싶은 것만 배우는 것일까? 하지만 여행길에서 만나고 얻게 될 소중한 것들을 그냥 지나치게 될까봐 조바심이 드는 건 어쩔 수 없었다. 이곳의 자연이나 사람들의 삶보다는 자신의 울타리 안에만 갇혀 있는 것은 아닌지 하는 염려였다.

마음이 편치 않은 이유 하나 더. 한배에 탄 대여섯 명의 영국친구들 때문이었다. 배가 두 시간이나 더 늦게 출발한 것도 그들을 태우기 위해서였지만, 그야 여행길에서 흔히 일어나는 일이니 괜찮다. 문제는 배가 출발하고부터 앉은 자리에서 줄곧 담배를 피워댄다는 것이었다. 맥주병을 하나씩 들고 떠들어대는 것까지는 이해한다 해도, 저들이 뿜어내는 담배 연기를 배에 탄 사람들이 다 들이마시고 있는 상황은 좀 다르다. 그러고 보면 그들도 마찬가지였다. 타인에게 관심이 없어 보였다. 배 안 타인들의 권리에도, 배 밖 사람들의 삶에도 무심하거나 무례한 것이다. 많

이 심란했다. 과연 저 영국 친구들이나 우리 여행학교 아이들은 이번 여행에서 무엇을 배우고 무엇을 얻게 될까?

이 모든 것에도 아랑곳 않고 그래도 강은 흘렀다. 배도 멈추지 않았다. 여섯 시간 만에 중간 기착지인 빡벵에 도착했다. 하룻밤을 묵어갈 이 작은 마을은 그날 우리 부부의 기분처럼 어쩐지 쓸쓸해 보였다. 이미 날은 어두워졌고 마을 불빛들은 여리고 약하게 흔들렸다. 아이들은 먼저 도착한 여행자들 사이로 재빠르게 흩어지며 숙소 사냥에 나섰다. 언덕 너머로 사라져가는 아이들을 보며 하루 더 남은 뱃길이 길고 멀게만 느껴지는 시간이었다.

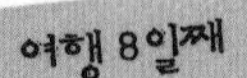

멀리 떠나 힘든 아이들의 마음을 달래준 특효약은?

1박 2일 동안 배 타고 루앙프라방까지 ②

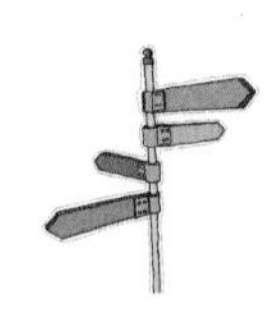

수경이란 아이가 있다. 이번 라오스 여행학교에서 서희와 영준이와 함께 막내인 아이다. 중학교 1학년이고 열네 살. 이 아이에겐 특별한 구석이 있다. 어린아이를 그렇게 좋아한다는 것이다. 여행 초기 방콕에서부터 그랬다. 카오산 로드를 걷다보면 아기를 유모차에 태운 서양 여행자들을 어렵지 않게 만나는데, 수경이는 그때마다 쪼르르 달려가서 아기를 한참 쓰다듬고 어르고는 했다. 그러면 아기 엄마는 오히려 동양에서 온, 볼이 발그레하고 얼굴이 동글동글한 수경이가 귀여워 웃는다. 말하자면 수경이는 아기가 귀여워 웃고 그 아기 엄마는 아기를 어르는 동양 아이가 귀여워 웃고 나는 그 상황이 어이 없어 웃는 것이다. 수경이의 특별한 점은 또 있다. 바로 다른 사람을 배려하는 마음이다. 열네 살 꼬마가 궂은일과 마주서면 언제나 언니 오빠들보다 먼저 나서고, 타인의 마음을 헤아리는 정도도 예사롭지 않다. 전날 배를 타고 메콩 강을 달릴 때도 비가 부슬부슬 내리고 날이 쌀쌀해서 자기도 추웠을 텐데 감기 때문에 고생하던 아내를 위해 자신의 담요를 내주었다. 이 녀석에게는 특별히 타고난 공감 능력 같은 것이 있는 듯하다.

그리고 오늘 아침의 일이다. 그러니까 배를 타고 루앙프라방까지 가는 1박 2일의 일정 중 빡벵에서 맞이한 둘째 날 아침이었다. 아내와 내가 강이 내려다보이는 레스토랑에서 아침식사로

쌀국수 포를 먹고 도시락으로 볶음밥 카오 판을 포장해 선착장으로 내려섰을 때였다. 전날과는 달리 이미 많은 여행자들이 슬로 보트의 좌석을 거의 채운 상태였고 수경이네 모둠 아이들이 난감한 표정으로 허둥대고 있었다.

"이모, 삼촌, 큰일 났어요. 자리 다 빼앗겼어요!"

아차 싶었다. 전날 세 시간도 더 기다렸던 것을 감안해 세 개 모둠 중 한 모둠만 일찍 나와 좌석을 잡아두기로 한 것인데, 오늘은 출발하기 30분도 더 전에 승객들이 다 들어찬 것이다. 그래서 맡아둔 자리를 지키느라 수경이를 비롯한 아이들이 다른 여행자들의 눈총을 받고, 허둥지둥 다른 모둠의 게스트하우스를 쫓아다니며 빨리 나오라고 재촉했지만 결국 몇 자리는 지킬 수 없었나보다. 그 순간 아찔했다. 어제 비도 오고 바람 부는 날씨에 배를 여섯 시간이나 타서 힘들어하는 아이들에게 잠자는 시간을 한 시간이라도 더 주려고 한 모둠만 먼저 나오자고 한 것인데, 바보 같은 짓이었다. 그때 아이를 좋아하는 아이 수경이가 다가오더니 고개를 숙이고는 말했다.

"삼촌, 이건 우리만 생각한 행동 같아요."

그랬다. 이기적인 행동이었다. 부끄러웠고, 타국 여행자들의 시선에 힘들었을 아이들을 생각하니 마음이 아팠다. 그때 수경이의 언니 희경이가 선착장으로 막 뛰어내려왔다.

"삼촌, 어떡해요? 성호하고 승현이가 없어졌어요. 윤미하고 나랑 먼저 가 있겠다고 빨리 오라고 했는데, 안 와서 가봤더니 게스트하우스에도 없어요. 이 자식들 어디 간 걸까요?"

이제 아이들은 패닉 상태였다. 자리를 지키느라 고생은 고생대로 했는데 자리는 두 개나 모자라고, 배는 시간이 아직 남았음에도 떠날 듯 부르릉거리고, 엎친 데 덮친 격으로 두 남자 녀석이 나타나지 않고 있었다. 일단 아이들을 진정시킨 후 아내와 나는 다음 배로 옮겨 탔다. 기다렸다가 나머지 두 녀석과 함께 타고 갈 요량이었다. 첫 배로 출발하는 아이들에겐 루앙프라방 선착장에 먼저 가서 기다리라고 일러두었다.

그렇게 아이들을 태운 배가 막 출발하는 순간, 성호와 승현이가 헐레벌떡 나타났다. 그들은 자기 둘만 빼고 떠나는 배를 보고는 얼굴이 새하얘졌다. 말문이 막힌 채로, 자신들 눈앞에서 점점 멀어지며 강 한가운데로 나아가는 배를 보면서 '얼음 땡' 놀이를 하는 꼬마들처럼 그 자리에 굳어버렸다. 쿡쿡. 잊을 수 없을 거다, 그 장면은. 두 녀석의 그 막막한 눈빛이라니! 지금 자신들에게 무슨 일이 벌어지고 있는지 전혀 알 수 없다는 듯 그만 넋을 잃은 채 돌덩이처럼 서 있었다. 반면에 배에 탄 아이들은 당연히도 이 상황이 재미있어 죽을 지경이다. 한 아이도 빠짐없이 얄궂은 장난기를 발동시킨다. 당황해서 망부석이 되어버린 두 녀석을 향해 마구 손을 흔들며 외쳤다.

"성호야, 안녕! 잘 있어!"

"승현아, 힘내!"

이번 여행에서 첫 낙오자가 생긴 것이다. 아내와 나, 그리고 이들 두 명의 낙오자를 태운 배는 한 시간 후에 출발했다. 아직 다음 배에서 자신들을 기다리고 있는 우리 부부를 발견하지 못한 두 녀석. 그때의 심정이 어땠을까.

나와 성호 형은 둘 다 아침에 씻는데 항상 형이 먼저, 너무 오래 씻어서 문제가 된다. 누나들은 늦었다며 약속 장소를 말해주고 먼저 갔다. 약속 장소를 제대로 못 들어서 일단 다짜고짜 선착장에 가보았지만 사람이 없었다. 당황한 나랑 성호 형은 우리 숙소 위쪽에 있는 상훈이 형 숙소로 가보았지만 아무도 없었다. 혹시나 해서 다시 선착장으로 내려가보니 삼촌과 이모만 빼고—그 당시에는 다 타고 떠난 줄 알았지만—다 배에 타서 손을 흔드는 것이다. 순간 우린, 아니 나만 그랬나. 당황해서 몸을 움직일 수 없었다.

- 송승현

하루해가 저물어갈 즈음에야 우리 낙오자 그룹은 루앙프라방에 도착했다. 먼저 출발했던 아이들 중에 중학생 꼬마들이 선착

장 어귀에 배낭을 부려놓고 패잔병들처럼 앉아 있다가, 늦게 도착한 우리를 발견하고는 우르르 달려왔다.

"이모! 삼촌! 왜 이제 와요!"

"성호 오빠! 승현아!"

아이들의 목소리에 간절함이 묻어 있었다. 누가 보면 무슨 이산가족 상봉으로 착각할지도 모를 정도였다. 고작 하루 떨어져 있었는데 이렇게까지 애틋해질 수 있구나. 금방 따라올 것 같던 배가 한 시간도 더 늦게 도착했으니, 그동안 아이들 마음속에는 '혹시 만나기로 한 장소를 잘못 알고 있었나?' '길이 어긋난 것은 아닐까?' 하는 여러 걱정스러운 상상들이 스멀스멀 피어났던 모양이다. 더군다나 대학생 고등학생 언니 오빠들은 숙소를 물색하러 가고 꼬마들만 남아 있어 더욱 그랬을 것이다.

그날 저녁, 여행을 떠나 처음으로 다 함께 한국 음식을 먹으러 갔다. 강가의 크고 오래된 아름드리나무 아래에 있어 그 이름이 "빅 트리 카페Big Tree Cafe"인, 한국인 여사장님과 네덜란드인 남편이 운영하는 레스토랑이다. 사진가인 남편이 찍은, 숨 막히도록 생생한 아름다움이 담긴 작품들이 식당 벽면을 빼곡히 채우고, 그의 작품들로 만든 엽서들이 1달러라는 안내판과 함께 탁자에 놓여 있으며, 라오스 주변국의 여행 정보를 담은 가이드북과 여러 여행 에세이집들이 책장에서 나그네들을 향해 눈빛을 반짝이는 곳. 레스토랑은 지난여름 아내와 내가 다녀갔을 때처럼 변함없는 모습이었다. 여사장님이 우리 부부에게 알은체를 하며 여행학교 친구들을 아주 반갑게 맞아주었다.

이번 여행학교를 통해 알게 된 것이지만, 이렇게 여러 명의 청소년들과 함께 여행하면 좋은 점이 있다. 여행길에서 만나는 사람들이 우리에게 본능적으로 너그럽고 친절해진다는 것이다. 아이들을 봐서 가격을 깎아주기도 하고 실수를 그냥 넘겨주기도 한다. 특히 타국에서 만나는 한국 분들의 마음은 더 특별하다. 여기 빅 트리 카페의 사장님도 마찬가지였다. 밥이며 반찬이며 계

속 퍼다주면서도 조금 더 줄 게 없을까 궁리하는 눈치가 역력했다. 난 그 마음을 알 것도 같은데, 우리 여행학교 친구들은 어땠을까. 알고 느낄 수 있다면 좋겠는데.

아이들은 그들의 표현대로 '완전' '대박' 신이 났다. 배에서 심심해 미치는 줄 알았다는 둥, 여행 강도가 갈수록 세지고 있다는 둥, 살아 있는 것이 기적이라는 둥, 곧 죽을 것 같은 표정을 짓던 녀석들이 다시 살아난 것이다. 그냥 살아난 정도가 아니라, 그들의 얼굴을 보고 있노라면 감동의 도가니라고 표현해야 할 정도였다. 한국 음식은 낙오하고 힘들고 심심해 죽을 것 같은 그들에게 복용하기도 전에 효과를 발휘하는 특효약이었다.

아이들의 일기

'빅 트리 카페'였는데 한국 분이 하시는 거였다. 오랜만에 듣는 한국말이 이렇게 정겨울 수가. 우린 백년(!) 만에 된장찌개와 오리고기와 달걀 프라이를 먹었다. 이런 감동 ㅠㅠ.

- 김도솔

한국인 주인아주머니의 후한 인심, 리필되는 밥, 공짜 물, 휘황찬란한 사이드 디시까지! 향수병이 일어날 지경이었다.

- 고상훈

된장찌개, 흰 쌀밥, 김치, 제육볶음. 행복했다. 오랜만에 맛보는 음식이라서 세 그릇을 뚝딱 비웠다.

- 남서희

정말정말 맛있었다. 역시 나는 어쩔 수 없는 한국인인가보다. 밥을 두 그릇이나 먹었네. 아무튼 한국 음식을 먹으니까 엄마가 너무 보고 싶다.

- 양나운

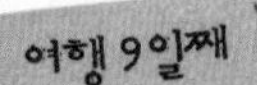

까짓 것, 밥 대신에 코끼리

제멋대로 루앙프라방 여행하기

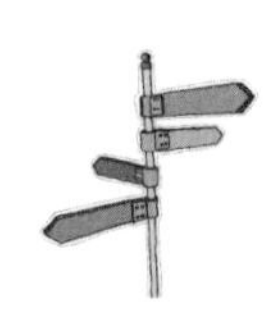

루앙프라방은 라오스의 고도古都다. 도시는 고풍스럽고 그윽하면서도 세계에서 몰려든 다양한 피부색의 여행자들로 인해 북적이는 자유로움이 넘실대고 있었다. 그것이 여행학교 아이들을 들뜨게 한 모양이다. 아이들은 이국 도시에 대한 어떠한 두려움도 주저함도 없어 보였다. 낯선 골목길에서도 한국에서처럼 폴짝폴짝 뛰어다니고 또 그러다 길을 잃고 헤매는 것도 개의치 않았다. 길을 가다가도 옷가게든 여행사든 불쑥불쑥 드나들고, 짝을 지어 늦은 밤 야시장을 겁도 없이 돌아다녔다. '오래된 여행자'가 보기에도 과감하기 이를 데 없다. 방콕에서부터 기차를 열일곱 시간, 버스를 일곱 시간, 슬로 보트를 장장 1박 2일 동안이나 타고 이곳 루앙프라방에 무사히 도착했다는, 아이들의 표현대로 하자면 그 험난한 여정에서 '살아남았다!'는 스스로에 대한 자신감이 작용한 것일지도 모르겠다.

도착한 첫날 저녁, 이 도시에 머무는 사흘 동안 쓸 돈을 아이들에게 한꺼번에 나누어주었다. 그것도 이제껏 그랬듯 모둠별로 나누어준 것이 아니라 열네 살 막내들까지 포함해서 개개인이 직접 관리하도록 했다. 그만큼 아이들이 감당할 책임도 자유도 커진 것이다. 다음 날 밤에 조장들만 잠깐 모이고 전체적으로는 이틀 후 아침에 만나기로 하면서 우리 부부의 자유도 동시에 늘

어났다.

오랜만에 아이들로부터 자유(?)를 거머쥔 아내와 나는 느지막이 일어나 '아점'을 먹고 거리로 나섰다. 익숙한 골목을 돌고 돌아 지난번 여행 때 묵었던 게스트하우스에 들렀다. 미소가 아름다운 그곳 여주인장을 만나기 위해서다. 매일 새벽이면 게스트하우스 앞 골목에 대나무 밥통을 놓고 앉아 '딱밧Takbat, 탁발'을 나누던 그녀의 사진을 한국에서 인화해 온 것이다. 하지만 그녀는 자리에 없고 그녀와 똑같이 생긴 언니가 프런트를 지키고 있었다. 언니는 사진을 보고는 동생만큼이나 아름다운 함박웃음을 짓더니, 동생은 오후에 온다고 몇 번이나 일러주었다.

다시 발걸음을 시장으로 옮겼다. 또 한 장의 사진 때문이었다. 사진에는 한 꼬마가 바게트 빵을 담는 대바구니를 들고 웃으며 서 있다. 지난여름 루앙프라방에 머무는 나흘 동안 매일 아침 그 꼬마에게 구수하고 따뜻한 빵을 사 먹었다. 하지만 아침 시간이 지난 관계로 그 아이를 찾을 수가 없어, 장터에서 바나나 껍질에 코코넛 밥을 싸서 팔고 있는 한 아주머니에게 그 사진을 보여주며 꼬마의 행방을 물었다. 그녀는 사진을 옆자리의 할머니께 보여드리면서 서로 환하게 웃다가 우리 부부에게도 그 웃음을 나누어준다. 그러고는 뭐라고 설명을 하는데 알아들을 수가 없었다. 결국 아주머니는 사진을 주머니에 넣는 시늉을 하고 눈을 깜

박이며 고개를 끄덕인다. 사진은 꼬마에게 잘 전해주겠으니 걱정 말라는 뜻이다. 여행자 부부에게 고소한 빵과 함께 단순하면서도 평화로운 삶의 냄새를 가득 선물했던 그 아이를 또 보고 싶었는데 아쉬웠다. 그가 나이를 먹고 세상을 알아가면서도 사진 속 미소처럼 늘 행복할 수 있기를 바라는 내 마음이 전해지면 좋겠다.

그 길로 시장을 나와 박물관과 왕궁 쪽으로 발길을 돌렸다. 아내도 나도 자꾸만 길을 걸으며 이리저리 두리번거리는 새로운 버릇이 생겼다. 혹시라도 여행학교 아이들을 만날까 해서다. 녀석들은 이 길 어디를 돌아다니고 있는 걸까. 한 모둠 정도는 만날 법도 한데 흔적도 없었다. 엉뚱한 곳에서 헤매는 건 아닐 테지. 쓸데없는 생각을 털어버리려 고개를 세차게 흔들고는 지난 여행 때 가보지 못했던 푸시Phusi 산을 오르기로 했다. 고양이 한 마리가 사뿐사뿐 계단을 오르며 길을 안내한다.

정상에는 작은 사원이 있고, 정성을 들여 기도하는 젊은 남녀 한 쌍이 있었다. 그 간절함에 이끌려 한참을 지켜보다 사원 주변을 돌며 발아래 펼쳐진 루앙프라방의 전경을 내려다보았다. 순한 눈빛으로 길게 흐르는 메콩 강과 그 강을 따라 늘어선 골목들, 숲과 새들과 새처럼 날개를 퍼덕이는 사원들이 참 아름다웠다. 가이드북이나 루앙프라방을 알리는 홍보 사진 속에서 흔히 보던 풍경이 거기에 고스란히 놓여 있었다. 가만히 그 풍경 속을 들여다보는데, 아내가 말했다.

"아이들이 저 아래를 돌아다니고 있겠지?"

아내도 나와 같은 생각을 했나보다. 저 아래 어디쯤에서 땀 흘리고 투덜대며 걷는 녀석이 있을 테고 배고프다며 칭얼대는 녀석도 있을 터였다. 또 그러다 시원한 음료수 한 잔이나 예쁜 풍경 하나에 세상 부러울 것 없다는 듯 좋아할 것이다. 그 모습을 상상해보는 것만으로도 입가에 웃음이 맺혔다.

그렇게 하루의 시간이 지나갔다. 종일 아이들의 흔적을 발견

할 수 없었던 우리 부부는 그들만의 하루가 궁금했다. 어떤 일들이 일어나고 어떤 이야기가 생겨났을까. 해가 저물고 조장들이 모이기로 한 빅 트리 카페에 미리 가서 기다리고 있자니, 윤미와 희경이가 먼저 나타났다. 자리에 앉기가 무섭게 둘이서 번갈아 가며 조잘조잘 이야기를 쏟아낸다.

"이모! 삼촌! 우리 조는요, 오늘 코끼리 탔어요!"

"대빵 재미있었어요!"

"비용이 좀 비쌌지만 그래도 많이 깎았어요."

"그런데 망했어요. 우리 내일부터 굶어야 돼요."

"뭐, 까짓 거, 그래도 괜찮아요."

참 대단하다. 녀석들은 어디에서 코끼리 투어를 찾아낸 걸까. 우리 부부도 루앙프라방에 그런 투어가 있는지 몰랐다. 속사포처럼 쏟아놓는 두 아이의 무용담을 듣고 있자니 나도 모르게 미소를 짓게 된다. 녀석들이 여행을 즐기고 있구나 하는 생각 때문일 것이다. 원래 밝은 아이들이지만, 이제 어깻죽지 위로 날개 하나를 더 매단 것처럼 맘껏 비상하려 했다. 사흘 치의 비용 중에서 자그마치 이틀 치 밥값에 해당하는 돈을 털어 코끼리 투어를 해버리는 과감함이라니! 그 대가로 나머지 이틀은 빵으로만 때우게 생겼는데도 그저 좋은 듯했다. 그러고도 처음 타본 코끼리의 등짝과 폭포수 같던 울음소리에 대해, 또 자기들 스스로 내린 용감한 결정에 대해 자랑하기 바쁘다. 아내와 나도 그들의 결정을 기쁘게 인정해주기로 했다.

"그래, 그것도 여행의 한 방법이지. 다만 책임이 따르는 법. 알지?"

자신감이 생기면서 아이들은 점점 더 과감해지고 있었다. 우리 부부가 예상한 선들을 훌쩍 넘어서는 일들이 생기기 시작한 것이다. 새로운 도시에 도착하면 말하지 않아도 숙소부터 물색하는 것도 그렇고, 겁도 없이 야시장을 돌아다니는 것도 그렇고, 밥 대신에 코끼리를 선택한 것 역시 그렇다.

조금 늦게 하영이과 상훈이가 왔다. 두 모둠은 발바닥에 땀나도록 워킹 투어를 한 모양이었다. 왕궁과 대나무 다리를 넘어 작은 섬에 다녀온 일이 인상 깊다고 했다. 그런데 하영이네 모둠의 나운이가 많이 아프단다. 전날 한국 음식을 좀 많이 먹는다 했는데 체한 듯했다. 그들의 게스트하우스로 가보았다. 게스트하우스 앞 골목에는 다른 모둠의 아이들까지 다 모여 있었다. 하루 종일 숙소에 누워 쉰 나운이는 이제 괜찮다고 했다. 혼자서 얼마나 외롭고 힘들었을까. 그래서일까. 하루 사이에 나운이가 훌쩍 커버린 얼굴이었다. 나운이의 방을 들여다보고 나오는데 웬일인지 다른 아이들도 하루 만에 조금씩 더 자란 것 같은 얼굴들을 하고 있었다.

아이들의 일기

처음으로 코끼리를 타보았다. 큰맘 먹고 15만 킵(라오스 화폐 단위, 우리 돈으로 약 2만 원)으로 코끼리를 타기로 했다. 처음에는 살짝 무섭기도 했지만 계속 타다보니 인도에서 코끼리 타고 전쟁을 했다는 옛날이야기 속 주인공이 된 것 같았다.

가장 기억에 남는 건 코끼리가 뱀을 만났을 때다. TV로 보던 코끼리 울음소리를 듣다니. 소름이 돋았다. 코끼리 콧바람도 맞아보고 먹이도 줬다. 다만 단점이라면 돈을 너무 많이 써서 내일 굶을지도 모른다는 것이다.

- 박성호

이번 계획이 성공적이라는 것에 뿌듯했다. 코끼리를 탄 후 한국 식당 빅 트리 카페에 가서 한국 음식을 먹고 있는데, 남은 돈으로 모레 저녁까지 써야 된다는 걸 알았다. 내일은 석류 세 알로 세 끼를 먹겠다는 다짐을 하며 희경이와 엄청 웃었다.

- 서윤미

지도를 보고 직접 길을 찾으며 박물관도 가고 사원도 갔다. 숙소가 야시장이랑 가까워서 막 돌아다니기 시작했다. 지름신이 내렸는지 예쁜 게 너무 많아서 충동구매도 했다. 처음으로 여기 와서 행복했던 순간이었다. 동생, 엄마 선물을 샀으니 내일은 아빠, 언니 선물을 사러 가야지. 오늘부터 각자 가계부를 쓰는데 돈이 딱 맞아떨어질 때마다 엄청 뿌듯했다. ♡

- 남서희

열대우림에서 자전거와 함께 사라진 아이들

루앙프라방에서 자전거 타고 하이킹

영화나 소설 속에 흔히 나오는 사건의 불안한 전조처럼 그날 루앙프라방의 아침 공기는 참으로 투명했다. 하늘은 파랬고 바람은 시원하게 불어주었다. 말하자면 자전거 하이킹을 떠나기에 지나치게 좋은 날이었다. 하지만 또 하나의 불안한 전조로서 우리 부부의 몸 상태는 엉망이었다. 아내는 질긴 감기에다 생리통으로 드러누웠고 내게도 으슬으슬 감기몸살이 시작되고 있었다. 여차하면 하이킹을 취소할 수도 있을 터였지만, 말했듯이 날씨가 지나치게 좋았다.

꽝시Kuang Si 폭포까지는 32킬로미터. 고민 끝에 상훈이를 대장으로 해서 아이들만 먼저 출발시켰다. 우리는 몸이 안 좋아 자전거를 탈 수 없는 유진이, 나운이와 함께 뚝뚝을 타고 뒤따라가기로 했다. 이 코스는 아름다운 옥색 폭포에 이르는 동안 라오스 시골 마을들을 자연스레 들여다볼 수 있어 서양 여행자들에게는 꽤 많이 알려진 하이킹 길이었다. 열한 명의 자전거 본대가 떠난 후 버스 터미널로 나가 다음 날 방비엥Vang Vieng으로 떠날 표를 끊었다. 다시 도심으로 돌아와 뚝뚝을 잡아타고 폭포를 향해 출발했다. 먼저 떠난 아이들과는 두 시간 정도 차이가 날 것 같았다. 전체 코스의 3분의 2 정도 지점에서 그들을 따라잡을 수 있는 적당한 차이일 듯했다.

큰 도로에서 작은 길로 접어들자 곧 마을들이 나타나기 시작했다. 한 마을에서는 결혼식 축제가 열렸는지 사람들이 장사진을 이루고 있었다. 욕심 같아서는 내려서 구경하고 사진도 찍고 싶었지만 먼저 간 아이들 생각에 그럴 수 없었다. 그 사이에 길이 오르막으로 바뀌었다. 숨이 차올라 헉헉 대며 자전거 페달을 저어 갔을 아이들 모습이 눈에 보이는 듯했다.

경상도 사투리를 써대며 더 이상 못 간다고 투덜거리면서도 특유의 웃음으로 친구들에게 에너지를 팍팍 전해주고 있을 막내 서희와 목적지까지 32킬로미터 거리를 본능적으로 자전거 페달 회전수로 계산했을지도 모를 미래의 공학도 성호. 오지랖이 넓어 자기도 힘들면서 뒤처지는 사람이 없나 돌아보곤 했을 또 다른

막내 수경이와 무뚝뚝하고 과묵한 척해도 사실은 마음이 여리고 착해서 동생들을 꼬박꼬박 챙기며 달렸을 테지만 나를 보면 '삼촌 진~짜 죽을 뻔했어요'라며 칭얼거릴 자전거 스페셜리스트 정호, 노는 것을 너무 좋아해 힘든 줄도 모른 채 웃고 있을 우리 팀의 마스코트 영준이. 이 길이 다 자기들 것인 양 날아갈 듯 페달을 밟아댔을 희경이와 윤미, 그리고 자전거만 타면 '미친 존재감'을 드러내는 승현이, 차도녀의 언어 구사력으로 친구들을 즐겁게 했을 도솔이와 오늘 하이킹의 대장 임무로 자전거가 유난히 버거웠을 상훈이와 하영이까지. 그렇게 아이들 모습을 한 명씩 그려보는 사이에도 길은 꾸준히 오르막으로 이어지고 있었다.

얼마나 더 달렸을까. 자전거를 타고 가는 아이들을 제일 먼저 발견한 것은 유진이였다.

"삼촌, 저기 애들 있어요."

정호와 영준이, 도솔이다. 힘내라고 소리치며 아이들을 앞질러 달렸다. 모퉁이를 도는데 윤미와 희경이와 또 몇 명의 아이들이 순식간에 휙 지나쳐갔다. 한참을 더 달려가자 수경이와 성호가 보였다. 그런데 아이들이 뭐라고 소리를 지르는 것 같아 뚝뚝을 세우고 보니 아이들이 크고 작게 다쳤다고 했다. 서희는 두 번이나 넘어져 아래턱을 다쳤단다. 자신은 불사조라서 한 번도 넘어지지 않았다는 수경이 말로는 넘어지지 않은 아이보다 넘어진 아이가 더 많은 모양이었다. 문제는 윤미였다. 어쩌다 그랬는지 자전거를 타고 붕 날아서 논두렁에 처박혔다는 게 아닌가. 지나가던 라오스 아저씨의 도움으로 일어나긴 했는데 입술이 터졌다는 것이다. 여행을 떠나 처음으로 찾아든 사고였다. 하지만 그것은 시작에 불과했다. 타고 온 뚝뚝 기사에게 부탁해서 왔던 길을 되짚어 내려갔다. 많이 다쳤다는 윤미와 서희를 태우고 곧바로 병원으로 갈 생각이었다. 그런데 길에는 아이들이 없었다.

"트럭을 얻어 타고 삼촌 만나려고 폭포로 갔어요."

상훈이의 말을 듣고 다시 폭포로 달렸다. 폭포 입구에는 다친 서희를 데리고 히치하이킹을 해서 올라온 하영이가 기다리고 있었다. 서희는 많이 울었는지 두 눈이 잔뜩 젖었고 땅바닥에 긁힌 아래턱은 벌써 퉁퉁 부어올라 있었다. 그런데 함께 있어야 할 윤미와 희경이가 없었다. 하영이와 서희보다 10분이나 먼저 출발했다는 열여덟 살 두 여자아이가 보이지 않았다. 하영이 말로는 그들이 타고 간 흰색 트럭에는 두 명의 남자가 타고 있었단다.

그 순간 머릿속이 하얘졌다. 열대우림이 우거진 산골, 두 여자아이, 흰색 트럭과 두 명의 남자……. 난 급박하게 경찰을 찾았다. 하지만 이 유명한 관광지에 경찰은커녕 경찰 출장소 비슷한 것도 없었다. 왜 이런 공공구역에 경찰이 없냐고 따져 묻는 나에게 라오스 사람들은 자신이 잘못한 것처럼 미안해하면서도 왜

ⓒ양나운

관광지에 경찰이 있어야 하는지 도통 모르겠다는 표정들이었다. 나는 폭포 관리사무소 겸 매표소로 달려갔다. 두 여자아이가 사라졌으니 경찰서에 신고해달라고 부탁했다. 하지만 매표소에는 전화도 없을 뿐더러 경찰서 전화번호 따위는 가지고 있지 않다는 얼굴들이었다. 그저 나에게 마음을 진정시키라고 할 뿐 그들은 아무런 도움이 되지 않았다. 그때 뚝뚝 운전기사가 자기 친구가 경찰이라면서 휴대전화로 전화를 걸어주었다. 전후 과정을 설명하고 신속하게 이 주변을 수색해줄 것을 부탁했다. 경찰은 난감해했다. 친구의 부탁도 있고 하니 일단 자신이 와보긴 하겠지만 나쁜 일은 생기지 않을 테니 진정하라는 것이었다.

화가 났다. 벌써 도착했어야 할 두 여자아이가 한 시간이 다 지나도록 오지 않는데 이곳 사람들은 하나같이 진정하라고만 했다. 만일 당신들이 주저하는 사이에 사고가 나면 어떻게 할 거냐고 전화기에 대고 따지는 내 목소리에 쇳소리가 섞이기 시작할 즈음, 저 멀리서 자전거를 끌고 올라오는 두 녀석이 보였다. 틀림없이 윤미와 희경이었다. 유진이가 뛰어가 친언니인 윤미를 부둥켜안고 엉엉 울었다. 논두렁으로 떨어졌다는 윤미 얼굴은 그야말로 엉망이었다. 트럭에 탔던 두 아저씨가 윤미가 다친 것을 보고 마을 진료소 같은 곳에다 데려다주었다고 했다. 간단한 치료를 한 뒤 뭘 좀 먹고 가라고 음식까지 내놓으신 모양인데 친구들이 걱정한다고 파파야만 먹고 그냥 왔다고 했다. 이쪽에서는 경찰에 전화를 걸고 생난리를 치고 있었는데 두 녀석은 그렇게 태연한 표정으로 돌아온 것이다. 그래서 라오스 사람들 모두가 나에게 진정하라고 했던 모양이다. 생각해보니 잠시 잊고 있었다. 여기는 바로 세상에서 가장 착한 사람들이 사는 나라, 라오스라는 사실을.

그날 윤미는 마취도 안 하고 세 바늘을 꿰맸다. 수술할 동안에는 그렇게 잘 참던 아이가 응급실에서 나오자마자 펑펑 울었다. 가만히 안아 다독여주는데 미안하고 대견했다. 얼마나 아팠을까. 낯선 이국땅에서 부모도 없이 어수선한 응급실에 누워 말도 통하지 않는 의사에게 수술을 받으며 얼마나 불안하고 외로웠을까. 어깨를 타고 그 마음이 그대로 전해졌다. 그런데도 내 입에서는 엉뚱하게 전혀 다른 말들이 튀어나왔다.

"왜 트럭에 남자애를 안 태우고 희경이를 태웠어? 너 그렇게 생각이 없는 애였어?"

"저도 희경이가 타려고 해서 멈칫하긴 했는데, 아파서 정신도 없고 해서……."

어떤 상황이었을지 뻔히 알면서도 내 입에서 나오는 말들을 나 또한 어쩔 수가 없었다. 더 할 말을 찾지 못하고 그대로 서 있는데 윤미가 쭈뼛거리며 말했다.

"죄송해요. 무슨 말씀 하시려는지 잘 알아요."

윤미의 말을 듣는 순간 눈물이 날 뻔했다. 잘못한 것 하나 없는 아이가 죄송하다고 말하게 한 것도 미안했고, 내가 라오스의 모든 남자들을 잠재적 범죄자로 취급하고 있는 것도 마음이 아팠다. 그날 처음으로 '아, 이번 여행은 참 힘들구나'라는 생각을 했다. 아내와 단둘이 하는 여행과 열세 명의 청소년들을 데리고 하는 여행은 그렇게 달랐다.

그날 아이들은 참 많이 울었다. 다쳐서 울고, 다치고 보니 엄마가 보고 싶어 울고, 사라져버린 언니가 걱정되어 울고, 서로 싸우느라 울고, 무사하니 기뻐서 울고, 옆의 친구가 우니 따라서 울고. 많은 눈물을 흘린 만큼, 그날이 아마 우리가 서로에게 조금씩 더 다가선 날이 아닐까 싶다.

아이들이란 참 신기한 존재다. 루앙프라방으로 돌아오니 그렇게 힘든 날이었는데도 하나같이 언제 그랬냐는 듯 웃고 있었다. 완주한 녀석들은 "꽝시 폭포 1킬로미터"라는 마지막 이정표를 봤을 때의 희열과 감동에 대해 떠들어댔다. 그래서 '아이들은 자연'이라고 말하는 모양이다. 무섭도록 천둥이 치고 비가 퍼붓다가도 언제 그랬냐는 듯 더 파랗고 더 맑게 개는 자연의 이치를 그대로 닮았으니까.

아이들의 일기

오늘 일기는 별로 쓰고 싶지 않다. 너무 힘들다. 너무 ㅠㅠ! 다리도 너무 아프다. 오늘은 꽝시 폭포까지 자전거를 타고 가는 날이다. 나는 자전거 타는 것을 좋아해서 처음에는 빨리 자전거를 탔으면 했다. 하지만! 세상에 쉬운 일은 없다. 열한 명이 줄을 맞춰서 자전거를 타자니 몇 명은 빠르고 몇 명은 느려서 맞추기도 힘들었다. 그래서 자전거끼리 부딪쳐서 넘어지는 사고도 발생했다. 처음에는 길이 험하지 않았지만 가면 갈수록 길이 꼬불꼬불해지더니 오르막길에서는 체력이 소모돼서 자전거를 끌고 가기까지 했다.

땀도 흐르고 힘들었는지 다리를 건너다 그만 엎어지고 말았다. 다리가 까지고 피가 났다. 때마침 희경이 언니하고 성호 오빠가 와서 내 다리를 치료해주었다. 하지만 내가 다친 건 아무것도 아니었다. 서희와 윤미 언니는 더 심하게 다쳤기 때문이다. 둘은 먼저 트럭을 타고 병원으로 갔다. 나는 자전거를 다시 타고 폭포까지 계속 달렸지만 너무 불안했다. 계속 서희와 윤미 언니 생각이 났다. '무슨 일이라도 생기면 어쩌지? 심하게 다쳤나?' 이런 생각이 들어서 자전거를 타는 내내 마음이 불안했다. 그 생각을 잠시 접고 나는 다시 자전거를 타고 폭포를 향해 갔다. 진짜 사람이 갈 수 없는 길이다. 하지만 그 험한 길을 뚫고 나는 폭포까지 자전거를 타고 도착을 했단 말이다! 모두들 나를 받들기를.

- 신수경

처음에 서희가 엎어져 아파하는데 그 다음은 수경이가 넘어져서 다리를 다쳤다. 정호 형, 나, 도솔이 누나, 윤미 누나가 같이 가는데 도솔이 누나가 갑자기 윤미 누나가 길 밖으로 떨어졌다고 해서 뻥인 줄 알았다. 다급하게 우리를 불러서 가보니까 진짜였다. 라오스 사람들에게 도움을 요청했는데 그 사람이 구해줬다. 고맙다고 인사했다. 근데 누나가 많이 다쳤다.

- 주영준

외국인 네 명이 탄 뚝뚝을 타고 폭포에 가기 시작했다. 길도 예쁘고 오르막과 내리막이 적당히 있어 자전거를 탔으면 재밌겠다 싶었다. 그런데 정작 폭포에 도착하니 언니와 희경 언니가 없었다. 얼마 뒤 얼굴이 엉망이 된 언니가 소독약 냄새를 풍기며 오는데 눈물이 왈칵 흘러서 언니를 껴안고 엉엉 울었다. 거의 울지 않는데, 저렇게 다친 언니의 모습과 그래도 다행이라는 안도감에 나도 모르게 울었나보다. 결국 아랫입술을 세 바늘 꿰맨 언니는 안젤리나 졸리 입술이 되었다.

- 서유진

오늘 나는 몇 킬로미터를 자전거로 달렸는가. 35킬로미터. 내리막, 아니 평지였더라면 쉬웠을걸. 내리막은 개나 줘버려. 오르막투성이. 서희, 윤미, 수경이가 잇달아 다치면서 마음도 지쳐버려 내 몸은 땅으로 꺼질 듯 끝없이 나앉았다. 목덜미는 여전히 뜨겁고 발바닥은 성한 곳 하나 없지만 아직까지도 잊을 수 없다. "Kwang Si 1km." 이정표의 그 짜릿함, 성취감이란. 삼촌 말대로 목적은 달성하면 그 기쁨이 배가될 뿐 그 자체를 위함이 아니다. 목적을 정하고 누구에게도 부끄럽지 않을 만큼 노력하고 정진했다면 된 거지. 그놈의 폭포는 보지 못했지만 폭포 표지판만 봐도 아찔한 이 기분을 그대로 간직할 수 있을 만큼 후회는 없다.

-고상훈

ⓒ서유진

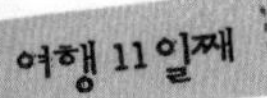

즐겁고 행복하다면 충분한 거야

카르스트 산맥을 넘어 방비엥으로

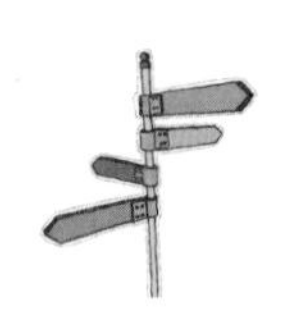

여행학교의 규칙은 두 가지다. 하나는 일기를 매일 쓰는 것이고 다른 하나는 모이기로 약속한 시간을 잘 지키는 것. 일기는 아이들이 여행을 스스로 성찰하도록 하기 위한 도구이고, 시간 지키기는 뿔뿔이 흩어지고 나면 연락할 길이 없는 이곳 여행지에서의 최소한의 안전장치였다. 만약 이 두 가지 중 어느 것이라도 어길 때에는 그에 상응하는 벌금이 부과되는데, 일주일에 한두 번씩 하는 일기장 검사에서 밀린 일기가 발각되면 하루치에 1달러씩, 모이기로 한 약속 시간에 늦으면 10분당 1달러씩 내는 식이다. 그렇게 모인 돈으로 여행이 끝날 때쯤 전체 회식을 하기로 해두었다.

그런데 오늘은 우리 부부가 한 시간이나 늦어버렸다. 루앙프라방에서 방비엥으로 가는 길은 라오스 북부지역의 카르스트 산악지대를 넘어야 해서 도로도 험하고 시간도 하루 종일 걸리는 힘든 여정이었다. 그래서 미니버스는 새벽녘에 떠나는 것으로 예약해두었고, 미니버스와 연계된 뚝뚝이 버스 출발 시간 30분 전에 우리가 묵고 있는 게스트하우스 근처로 각각 픽업을 나오기로 되어 있었다. 그런데 우리 부부를 태우기로 한 뚝뚝은 30분도 더 늦게 나타나서, 루앙프라방 중심부를 한 바퀴 돌고도 모자라 외곽 지역의 게스트하우스까지 천천히 들르며 여행자들을 빽빽이 채워 실었다. 그 사이에 시간은 예정보다 한 시간이나 훌쩍 지나버렸다. 이제 벌금이 문제가 아니라 아이들이 걱정이었다. 여행을 하다보면 여행사나 뚝뚝의 이런 관행이야 툭하면 생기는 일이지만 아이들은 이를 알 턱이 없었다. 터미널에 도착하자 하영이가 제일 먼저 달려왔다.

"삼촌, 이모, 왜 이제 오세요!"

목소리와 얼굴만 봐도 그동안의 마음고생이 보이는 듯했다. 버스 운전사가 출발하려고 해서 안 된다고 버티느라 힘들었던 모양이다. 하영이의 일기를 통해 그 심정을 들여다본다.

버스 출발 시간은 9시. 하지만 삼촌과 이모의 모습이 보이지 않았다.

뚝뚝이 오는 길목에 서서 하나하나 들여다보았지만 허탕이었다. 그렇게 20분을 기다리고 나니 걱정이 되기 시작했다. '사고가 난 걸까. 두 분이 아프신가. 방비엥에서 만나는 거였나. 우린 어떻게 해야 되나.' 9시 50분까지 발을 동동 구르며 기다리고 있는데 미니버스 기사들이 10시에 출발한다며 차에 타라고 했다. 이때 정말 심장이 쫄깃해졌다. '두 명이 아직 오지 않았으니 기다려달라'는 말을 전하긴 했는데 알아들었는지도 모르겠고, 삼촌과 이모랑 연락할 길은 없고.

- 김하영

승합차 두 대를 이용하기로 예약해두었는데, 여행사에서는 우리 부부가 없는 사이에 아이들 열세 명을 모두 차 한 대로 보내고 우리 부부는 다른 서양인 여행자들 틈에 끼워 보낼 생각이었던 것이다. 픽업 택시를 늦게 보내고도 자기들의 편의에 따라 차를 한 대만 운행하려는 심보였다. 세계 어디를 가든 여행사를 운영하는 사람들의 심리야 다 그렇겠지만, 혹시 좀 다를까 싶었던 라오스 사람들도 마찬가지인 걸 확인하는 마음이 왠지 씁쓸했다. 곧바로 사무실로 가서 따져 물었더니 미안하다는 사과와 함께 바로 차 한 대를 더 배치해주었고, 그 대신 네 명의 서양인 여행자가 동행하게 되었다.

버스는 루앙프라방을 벗어나며 강물을 따라 한 시간 남짓 달리는가 싶더니 구불구불 산길을 오르기 시작했다. 길이 높아질 수록 시야가 트였고, 산봉우리의 모양새들이 올록볼록 들어가고 불거지면서 이곳이 지리 책에도 나오는 세계 3대 카르스트 지형의 하나임을 보여주었다. 아래쪽 비탈을 따라 바나나 나무나 옥수수가 많아진다 싶으면 어김없이 작은 마을이 나타났다. 길가에는 마을 노인들이 나와 타작한 벼를 말리고, 청년들은 볏단을 나르고, 아이들은 바람을 쫓아 뛰어다닌다. 생경한 공간에서 만나는 익숙한 풍경들. 생각해보면 이 높고 외지고 험한 곳에 마을을 일궈 사람이 살아가는 것도 신기하고, 이렇게 꼬불꼬불 길이 생겨나서 피부색이 다른 우리가 버스 차창을 사이에 두고 눈빛을 나누며 손을 흔드는 것도 신기하다.

그런데 여행학교의 아이들은 오늘도 버스 밖 세상에 대해서는 소극적이었다. 언제나처럼 자기들끼리의 이야기와 게임에 몰입해 있다. 결국 보다 못한 내가 아이들의 관심을 끌기 위해 나섰다.

"이야, 얘들아. 저기 저 산들 좀 봐!"

"우와!"

아이들이 반응을 보이는가 싶더니 딱 그 감탄사 한마디뿐, 곧바로 자신들의 화제로 되돌아갔다. 물론 쉽게 물러날 나도 아니었다. 잠시 후, 이번에는 목소리에 감정을 잔뜩 실어 억양까지 한껏 높였다.

“어? 저기 저 집은 대나무로 지었네. 이야, 전통 집인가봐!”

“우왕! 진짜! 대나무다!”

내가 감정을 실은 만큼 아이들의 반응 역시도 리얼하게 나오는가 싶더니, 나로서는 도무지 이해할 수 없는 전혀 다른 내용의 화제가 아주 자연스럽게 바로 연결되었다.

“우왕! 〈시크릿 가든〉 보고 싶다.”

“진짜! 현빈 짱 멋있어. 집에 가면 하루에 다 볼 거야!”

도대체 대나무 집과 드라마가 무슨 상관이란 말인가. “시크릿 가든”이 대나무로 지어지기라도 했다든가, 아니면 현빈이 라오스에서 봉사활동이라도 해서 뉴스에 보도되었다든가 하는 것도 아니지 않은가. 아무튼 이번에도 아이들의 반응은 단발로 끝났다. 그때였다. 마침 창밖으로 물동이를 이고 가는 여자아이들이 있었다. 중학교 1학년인 서희나 수경이 또래로 보였다. 나는 다시 여행학교 아이들의 눈을 창밖으로 돌리려고 애쓴다.

“저 애들, 물동이를 들고 가네? 너네 또래다.”

“불쌍하다…….”

드디어 아이들이 감정을 이입하는가 싶었는데, 하필 그 순간에 라디오에서 동방신기의 노래가 나오기 시작했다. 이런! 라오스 라디오 방송에서 틀어준 대한민국 가수 동방신기의 노래를, 대한민국에서 잠시 여행 온 아이들이 카르스트 산악지대를 넘는 버스에서 듣게 될 확률은 도대체 얼마나 될까? 당연히, 즉각, 차 안은 아이들의 함성으로 난리가 났다. 동방신기가 눈앞에서 노래를 부르고 있다고 해도 이보다 더 열광적일 순 없으리라!

이로써 어떻게든 아이들의 시선을 라오스의 자연과 삶의 풍경으로 옮겨보려던 나의 시도는 결정적으로 무산되었다. 친구들이랑 재잘거리며 물동이를 이고 가던 라오스 여자아이들은 이미 저 멀리 지나가버렸고 여행학교의 아이들은 버스가 떠나가라 동방신기 노래를 따라 불렀다. 이제 아이들의 관심을 창밖으로 돌리는 것은 고사하고 그들의 노랫소리에 놀란 버스가 덜컹대며 비탈 아래로 미끄러지지 않는 것만으로도 다행인 상황이었다.

아내와 나는 아이들 몰래 또 한숨을 쉬었다. 아이들은 이번 여행에서 무엇을 보고 무엇을 느끼고 무엇을 배우게 될까. 보호자로서 교사로서 동료 여행자로서 함께 여행하고 있는 우리 부부는 마음이 편하지 않았다. 하지만 아이들은 세상 모든 것을 가진 듯 마냥 즐겁다. 차 안에서도, 배 안에서도, 호텔 방에서도, 식당에서도, 강변에서도, 산 위에서도, 그곳이 어디든 그들에게는 상관이 없다. "여행이 어때?"라고 물으면 아이들은 0.1초의 머뭇거림도 없이 "재밌어요!"라는 대답을 돌려준다. 뭐가 그리 재미있냐고 다시 물어보면 마치 자기들끼리 미리 짜둔 것처럼 "그냥요!" "다요!"라고 대답할 뿐이다. 아이들은 자신들을 규율하던 학교도 부모도 사회적 편견도, 스스로를 규율하는 어떠한 압박도 없는 이곳에서는 무엇을 하든 하지 않든 그 모든 시간이 다 즐겁다는 식이었다.

이윽고 동방신기의 노래가 끝나고 밖에서는 굽이굽이 산봉우리와 산마루가 동화책 속 삽화처럼 흘러가는 사이에 아이들은 깜빡 잠이 들었다. 쌕쌕. 아이들의 숨소리를 들으며 예쁜 봉우리들의 파도타기를 바라보고 있자니, 어쩌면 지금 이 순간이 이 아이들에겐 자신들의 생애에서 가장 즐거운 순간일지도 모른다는 생각이 문득 들었다. 그렇다면, 충분하지 않은가. 아이들은 단지 미래의 무언가를 준비하기 위해 존재하는 것이 아니지 않은가.

현재 그들이 즐겁다면, 지금 그들이 행복하다면, 그것으로 충분하지 않은가. 여행을 통해 뭔가를 보고 느끼고 배우기를 원하는 것은 나의 또 다른 욕심이 아닐까.

그날 방비엥에 도착해서 아이들에게 한턱 냈다. 방비엥의 여행자 거리에는 지난 여행에서 만난 친구 '미스터 리'가 그의 계획대로 '치킨 하우스'를 막 오픈한 상태였다. 매상도 올려줄 겸 하루 종일 산골 버스를 타느라 힘들었을 아이들의 뱃속도 위로할 겸, 삼촌이 계산할 테니 맘껏 먹어보라고 한 것이다. 아이들은 통닭은 기본이고 돈가스에 떡볶이에 라면에 된장찌개에 팥빙수까

지, 한 명당 서너 개가 넘는 음식들을 주문했다. 그렇게 배불리 한국 음식을 먹은 날 저녁, 우리는 여행을 떠나 처음으로 모두가 한 숙소에 묵으며 여행에 대한 중간 평가를 했다. 절반의 여행이 지나가고 있었고, 우리 모두에게 스스로의 여행에 대해 성찰할 수 있는 시간이 필요했다.

그날 밤 한 명씩 지금까지 자신의 여행에 대해 이야기하는데, 내 마음이 이른 봄날 눈 녹듯 풀리기 시작했다. 아니, 조금 부끄럽기까지 했다. 아이들을 믿지 못한 내 마음 때문이다. 자기들끼리 게임만 하고 수다만 떨고 잠만 자는 줄 알았는데, 언제 그렇게 다 보고 생각을 해두었는지. 물론 아이들은 여행 중간 점검이나 소감보다는 내일부터 바뀌게 될 모둠에서 누구와 함께할지에 더 관심을 보였고, 사실 그들의 여행 소감이라는 것도 우리 부부의 욕심에 차는 정도는 아니었지만 그래도 그것으로 충분했다. 볼 것도 할 것도 많은 이 넓은 세상에 나와서 기껏 가장 신경 쓰이는 것이 모둠원인가 싶어 한심한 생각이 들다가도, 한 번 더 생각해 보면 사실 인생이란 것이 그렇겠다 싶었다. 무엇을 하는가, 어디로 가는가보다 때로는 누구와 함께인가가 더 중요할 때가 있는 것이다. 다만 어른인 우리는 가끔 아닌 척할 뿐이고 아이들은 솔직한 것뿐이다.

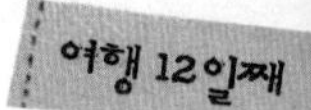

여행길에서 친구를 만나
초대받고 헤어지고

방비엥에서 라오스 친구 만들기

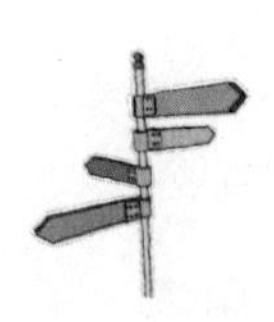

그날은 좀 특별한 날이었다. 라오스 친구들과 함께 소풍을 가기로 했던 것이다. 아이들은 전날 밤부터 태어나 처음으로 또래 외국인 친구를 사귈 거라는 기대로 들떠 있더니, 정작 아침이 되자 다소 긴장되는 모양이었다.

"삼촌! 어떤 애들이에요?"

"나도 몰라. 너네랑 비슷하겠지, 뭐."

과연 비슷할까. 아침 8시에 방비엥 중등학교 청소년 10여 명이 미스터 리의 치킨 하우스로 왔다. 우리나라로 치자면 고등학교 1~2학년생들이다. 남자애들은 오토바이를 타고 왔는데 흰색 남방에 목걸이를 살짝 늘어뜨린 아이도 있고 기름을 발라 머리

카락을 하늘 위로 띄운 녀석도 있었다. 여자애들의 머리나 옷 스타일도 나름대로 세련되어 보이는 것이 사실 좀 의외였다. 나 스스로도 방비엥을 라오스의 시골 마을로만 생각했던 것이다. 라오스 아이들을 본 우리 아이들이 오히려 긴장하는 것 같았다. 나중에 듣게 된 서희나 수경이 말을 빌리자면 좀 '노는' 애들 같아 보여서 겁을 먹었단다. 그에 비해 함께 오신 두 분 교사는 전형적인 시골뜨기 차림이었다. 한 분은 영어, 다른 한 분은 컴퓨터를 가르친다고 했다. 설명을 들어보니 우리가 예정보다 2~3일 늦게 도착하는 바람에 이곳 친구들이 많이 기다렸던 모양이다. 우리 부부의 부탁을 듣고 친구 미스터 리가 이곳 학교의 교장 선생님을 만나 두 나라 청소년들의 만남을 미리부터 주선해두었던 것이다. 영어 선생님은 내일이 시험인데도 불구하고 아이들이 나왔다고 귀띔해주었다. 그만큼 한국에서 온 친구들과의 만남을 손꼽아 기다렸다는 뜻일 테다.

라오스 선생님들과 인사를 나누는 사이에 아이들은 쭈뼛쭈뼛 탐색만 하고 있었다. 간단하게 서로의 이름만 소개하고 소풍 목적지인 탐짱Tham Jang 동굴을 향해 출발했다. 아이들은 참 신기한 것이, 쭈뼛거릴 때는 언제고 영어가 서툰 처지임에도 동굴로 걸어가는 한 시간 남짓 사이에 끼리끼리 친해졌다. 동갑내기를 찾아내고, 좋아하는 가수 이름을 알아내고, 학교 시험에서 차이점을 발견한다. 그렇게 두 나라 아이들은 전혀 다른 자연과 교육 환경에서 살아온 짧지 않은 세월을 아무렇지도 않게 훌쩍 뛰어넘어 소통했다.

동굴은 공원 매표소를 지나서도 계단을 따라 한참 올라간 곳에 있었다. 인상적인 것은 그곳 동굴 입구에서 내려다보는 방비엥의 전경이었다. 봉우리로부터 흘러나온 강물이 마을을 만나 춤을 추듯 사랑을 하듯 아름답게 어우러지는 모습이 넓게 펼쳐져 있었다. 라오스 사람들이 외적의 침입이 있을 때마다 이곳 동굴에서 마지막 항전을 했다는 이유를 알 것도 같았다. 동굴 안은 대체로 어둡고 손이 가지 않은 자연 그대로의 모습이었다. 또 곳곳에 향불이 피워져 있고 라오스 사람들의 손때가 묻은 지폐들이 그들의 소원처럼 소박하게 놓여 있었다. 라오스 친구들이 두 손을 모아 소원 비는 방법을 알려주자 우리 아이들이 곧 따라했다.

동굴 탐험이 끝난 후 공원 식당에 모여 앉았다. 라오스 아이들이 각자 싸온 도시락을 풀어놓았다. 먼저 희경이와 성호가 처음 보는 그들의 음식을 맛보더니 엄지손가락을 세워 보였다. 맛있다기보다 친구가 되었다는 뜻이겠지. 우리 아이들 중에서 입이 짧기로 유명한 유진이까지 나서서 맛을 보았다.

"굿이야. 이거, 딜리셔스!"

내가 보기엔 숨을 참고 꿀꺽 삼키는 것이 분명한데도 녀석의 얼굴은 웃고 있었다. 기특한 놈들. 주문한 요리와 도시락을 나눠 먹으며 아이들은 그렇게 서로의 마음도 주고받는다.

먼저 점심을 해치운 남자아이들은 식당 옆 잔디밭에서 축구를 하기 시작했다. 늘 느끼는 것이지만 사내아이들이란 세계 어느 곳을 가더라도 축구공 하나면 전후반 10분씩에 어느새 친구가 되고 만다. 나도 끼어볼까 하다 햇살이 더 좋아 한쪽 잔디밭에 드러누웠다. 파란 하늘과 예쁜 카르스트 봉우리를 배경으로 두 나라 아이들이 공을 따라 이리저리 날아다닌다. 햇살에 눈이 부신

탓일까. 꿈을 꾸는 것도 같고 샤갈의 그림 속인 것도 같고 영화 속에 등장하는 회상 장면인 것도 같았다. 그들 모두가 오래전 이곳에서 함께 뛰놀던 친구였을 거란 생각이 드는 것도 그 때문이리라.

오후에는 둘러앉아 게임을 했다. 라오스 아이들이 먼저 하자고 내어놓은 게임이 있어 설명을 듣고 보니 다름 아닌 수건 돌리기였다. 둥그렇게 원을 만들어 앉아 술래가 몰래 다른 사람의 등 뒤에 손수건을 던져놓고 도망가면 이를 발견하고 쫓아가는, 내가 어릴 적에도 소풍을 가면 꼭 했던 그 단순한 게임에 아이들은 괴성을 지르고 땀을 흘리고 쫓고 쫓기면서 마냥 신이 났다. 그러다 술래한테 잡히는 사람은 벌칙으로 장기자랑을 했다. 상훈이와 승현이, 그리고 라오스 아이 쌈마가 춤을 추었고 라오스의 컴퓨터 선생님이 노래 솜씨를 보여주었다.

그런 후에는 다 같이 일어나 라오스 민속춤을 배웠다. 우리의 아리랑처럼 "로꼬냥"이라는 말이 계속 반복되는 라오스 노래에 맞춰 크고 작은 원을 만들어 두 사람씩 마주보고 춤을 추다 파트너를 바꾸며 돌고 도는 민속놀이였다. 어찌나 열심히들 춤을 추는지 주변 사람들이 모여들어 지켜볼 정도였다.

그렇게 땀을 빼고 마지막으로 동굴 아래 작은 못에서 수영을 했다. 희경이와 성호와 승현이와 윤미는 쌈마와 써와 키후 등을 따라 수영을 해서 동굴 안으로 들어가더니 한참 만에 반대쪽에서 나왔다. 라오스 아이들이 평소 탐험하는 동굴 안 물길이 있는 모양이었다. 아이들의 우정이 동굴 속 물길처럼 서로에게 가닿는 사이에 어느새 하루의 해가 기울었다.

우리의 소풍도 끝나가고 있었다. 하지만 아이들은 헤어질 줄을 몰랐다. 게스트하우스 앞에 도착하고서도 서로 돌아서지 못했다. 이메일이나 연락처를 교환한 후에도 아쉬움이 남는지 마냥 서성였다. 처음 사귄 또래의 외국인 친구들. 그 특별한 경험 앞에서 아이들은 발길을 돌리지 못했다. 옷들이 물에 젖어 내일 아침이면 감기에 걸릴지도 모르는 상황. 결국 내가 나서서 매정하게 미련의 줄을 끊어버리고서야 어려운 이별이 완성되었다.

아이들의 우정은 그것으로 끝나지 않았다. '한국 라오스 패밀리KO-LAO FAMILY'가 만들어진 것이다. 아이들은 다음 날 저녁에 자기들끼리 약속을 잡고 만났다. 라오스 아이들의 시험이 끝난 후 같이 저녁을 먹고 게스트하우스까지 가서 함께 논 모양이었다. 그러고도 성에 차지 않았는지 또 그 다음 날, 그러니까 우리 일행이 방비엥을 떠나는 날 아침에도 라오스 친구들이 다니는 학교에 놀러 갔다 왔다고 했다. 아침 일찍 라오스 남자애들이 게스트하우스까지 오토바이를 타고 와서 태우고 간 것이다. 그날 아침 라오스 친구들의 오토바이 뒷자리에 타고 학교에 놀러 갔던 일은 여행학교 아이들에게 인상 깊이 남은 것 같다. 몇몇 아이들의 그날 일기에 그곳 학교의 풍경과 분위기가 잘 담겨 있다.

> 처음엔 많이 어색했는데 서로 이름을 물어보고 공감대를 찾으면서 많이 친해졌다. 쌈마, 키후, 콘, 써 등 많은 친구들을 사귀어서 너무 기뻤다. (1월 16일, 방비엥 2일째.)
>
> 어제 놀았던 라오스 친구들과 저녁을 먹었다. 우리 보고 내일 학교로 오라는데 정말 설레고 긴장된다. 라오스 학교는 과연 어떨까? (1월 17일, 방비엥 3일째.)

라오스 학교는 정말 자연과 같이 공부할 수 있도록 한 것 같다. 교실 크기는 우리 학교의 10분의 1도 안 되는 것 같지만 운동장은 우리보다 100배는 더 넓다. 학교 뒤에는 강이 흐르고 숲이 있어서 마음껏 뛰놀 수 있을 것 같았다. 라오스 친구들과 점심을 먹고 헤어졌다. 다시는 못 만난다는 생각에 많이 슬펐다. 한국으로 돌아가면 이메일을 보낼 거다. (1월 18일, 방비엥 4일째.)

- 박성호

학교에 있던 아이들은 우리를 모두 신기하게 쳐다봤어. 친구들의 교실에도 들어가봤는데 공부할 때 자극이 되는 슬로건은 한국과 비슷해서 굉장히 동질감을 느꼈어. 그러고 나서는 친구들이 준비한 점심을 먹고 아쉬움을 뒤로한 채 우리는 헤어졌어.

- 신희경

하루의 소풍을 통해 우정을 나눈 두 나라 아이들은 서로에 대해 어떤 생각들을 했을까. 라오스 아이들 중에는 한국어를 익히고 태권도를 배운 친구도 있고, 한국에 가는 것이 꿈인 아이도 있는 것 같았다. 어떤 면에서는 영화나 드라마에서 보는 대한민국이 부러울 수도 있겠다. 반면에 대한민국의 아이들은 이곳 아이들의 순박한 모습을 만나고 교실은 초라해도 운동장과 숲이 넓은 학교를 보면서 어떤 생각을 했을까. 분명한 것은 낯선 타국에서 언어가 다르고 피부색도 다른 친구를 만나 초대받고 헤어지고 못내 아쉬워하는 이 모든 경험이 그들에겐 아주 특별하고도 소중한 기억으로 오랫동안 남게 되리라는 점이다(대부분의 아이들이 그날 일기에 적어둔 것처럼, 하루 소풍으로 만난 그들은 여행에서 돌아와서도 한동안 서로 이메일을 주고받고 페이스북으로 소통했다).

라오스 친구들을 만났다. 처음에는 호수에서 물놀이를 하고 동굴 탐험도 하고 라오스 춤도 배우면서 매우 가까워졌다. 이메일 주소도 주고받고 우리 집 주소를 물어보는 친구도 두 명이 있었다. 우리 집에 편지를 보내준다고 했다. 너무 재미있었던 것 같다. 헤어질 때 눈물이 날 뻔했다. 너무 아쉽다. 그래도 이메일도 주고받고 연락을 자주 할 거다. 쌈마는 5년 뒤에 한국에 온다고 했다! 한국에 오면 꼭 만나야지. 나중에 다 같이 모여 또 놀고 싶다. 그땐 한국에서 놀자.

- 김도솔

처음에 만나서 자기소개를 했을 때 다 나보다 나이가 많아서 우울했다. 그래도 라오스 친구가 말을 걸어주어서 조금씩 친해졌다. 라오스 친구들과 동굴에도 들어가고 폭포에서 물놀이도 하고 이야기도 많이 나누었다. 다 같이 점심을 먹으러 갔다. 라오스 친구들이 자기들이 평상시 먹는 음식을 보여주었는데, 밥을 꺼내서 손으로 집어가지고 조물조물했다. 처음엔 더러워 보였는데 나도 조금 뜯어서 검은 색이 나도록 주무른 다음 입에 넣었다. 맛있었다. 다시 볼 수 없을 수도 있는 친구들인데 내 기억 속에 꼭꼭 담아둔다.

- 신수경

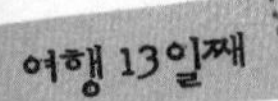

길에서 아이들이 엉엉 우는 이유

방비엥에서 카약킹과 스윙점프를

방비엥에서 빼놓을 수 없는 놀거리는 카약킹과 스윙점프다. 튜브를 탄 채 캄캄한 동굴 속을 탐험하고 카약을 탄 채 강을 따라 내려오며 카르스트 절경을 감상한다. 그리고 마을 인근에 도착하면 10미터 정도 높이에서 밧줄을 잡고 강물 속으로 스윙점프를 하는 것으로 마무리한다. 이 레포츠는 아이들이 라오스 여행에서 가장 하고 싶어 했던 놀이였다. 그래서인지 아침부터 게스트하우스의 공기 자체가 들떠 있는 것 같았다. 뚝뚝 한 대가 아침 일찍 게스트하우스 앞으로 픽업을 나왔다. 감기가 떨어지지 않은 아내와 나, 하영이는 빠지기로 하고 열두 명의 아이들만 한 명씩 올라탔다. 상훈이는 여자친구인 하

영이가 아프다고 하니 차마 발이 떨어지지 않는 모양이었다. 잘 챙겨달라며 신신당부를 하고는 아이들을 데리고 떠났다.

아이들을 떠나보낸 후, 상훈이가 부탁한 미션도 있고 하니 하영이를 데리고 죽 집을 찾아갔다. 라오스에 죽 집이 있을 리 있나. 포를 파는 국숫집인데 메뉴 중에 라이스 수프가 우리의 죽과 비슷해 그렇게 부를 뿐이다. 하영이는 달걀을 하나 풀어 넣은 라오스 죽을 잘 먹었다. 여행길에서 아플 때에는 입맛에 맞는 음식을 먹는 것만으로도 큰 힘이 되는 법이다.

하영이와는 점심 때 다시 만나기로 하고 곧장 게스트하우스로 돌아왔다. 할 일이 밀려 있었다. 일기장 검사다. 일주일에 한두 번씩 열세 명의 일기를 읽고 일일이 댓글을 달아주는 일은 생각처럼 그리 간단치 않았다. 우리 여행이 교통수단이든 투어든 숙소든 어느 것 하나라도 미리 예약해두고 떠나온 것이 아니어서, 낮에는 이러한 것들을 해결하기 위해 돌아다니느라 바쁘고 밤에는 아이들이 일기를 써야 하니 검사할 시간이 마땅치 않았다. 그러니 오늘처럼 짬이 생기는 날이면 부지런히 일기장을 읽어두어야 했다. 일기 검사가 일감이나 과제처럼 느껴져 여행길의 불청객 같을 때도 있지만 정작 일기를 읽기 시작하면 시간 가는 줄 모르고 빠져들게 된다. 이미 지나온 길을 아이들의 눈을 따라 다시 걷는 동안 그들의 눈으로 세상을 또 한 번 여행하는 즐거움 때문이다.

일기장을 들고 침대에서 뒹구는 사이 오전이 훌쩍 지나갔다. 하영이를 만나, 이번에는 볶음밥 집으로 갔다. 이 식당은 미리 부탁하면 한국인의 입맛에 맞게 매콤한 볶음밥을 만들어줬다. 지난 여행에서 만난 코이카KOICA, 한국국제협력단 봉사단원이 알려준 식당인데 한국인의 입맛에 맞춘 요리법도 그가 식당 주인에게 공들여 전수한 것이다. 그뿐만 아니라 이 식당은 파파야 샐러드도 아주 맛있다. 드레싱에서 젓갈 맛이 나는데 독특하면서도 깔끔하다. 이번에도 하영이는 맛있게 그리고 남김없이 먹어치웠다.

하영이는 나와 교육대학의 같은 과에 다니고 있는데 여행에서 돌아온 어느 날 방비엥에서의 그날을 추억하며 이런 말을 했다.

"그날 이모와 삼촌이랑 같이 간 식당들은 진짜 맛있었어요. 그 다음 날 모둠 애들이랑 또 갔거든요. 그런데 이상한 건요, 다른 데서도 이모랑 삼촌이 시키는 음식은 다 맛있었던 것 같아요."

하영이는 그것이 오래된 여행자의 노하우라고 여기는 모양이었다. 사실 여행을 하다보면 도시마다 다시 가보고 싶은 장소와 다시 먹고 싶은 음식과 다시 만나고 싶은 사람이 남기 마련이다. 그중에서 어느 나라 어느 도시는 그곳에서 먹었던 음식 하나로만 기억될 때가 있다. 아내와 나의 경우를 예로 들자면 아르헨티나의 바릴로체Bariloche가 그렇다. 이 도시는 남미의 스위스라고 불릴 만큼 많은 호수와 산들로 둘러싸인 아름다운 곳이지만 아내와 내게는 단지 핏물이 살짝 배어나오는 쇠고기 스테이크와 거기에 어우러진 와인이 기가 막히도록 맛있었던 도시로 기억될 뿐이다. 하영이에게도 감기 몸살로 아픈 날에 먹었던 죽 한 그릇과 볶음밥 한 접시가 방비엥을 대표하는 기억으로 남을지도 모르겠다.

오후에는 강가에 나가보았다. 지난여름에는 강물에 휩쓸려 부서지고 없던 다리가 새로 만들어져 있었다. 우기인 여름이 지나면 매해 마을 사람들이 힘을 모아 새로 나무를 엮어 다리를 만든

다는데, 그래서일까. 강물에 발을 딛고 그림자를 내린 그곳으로부터 마을 사람들이 함께 마음을 맞추던 노동의 노래가 흘러나오는 것만 같았다. 자전거를 타고 다리를 건너는 여인이 있어 아내와 나도 따라 건넜다. 마을 아낙들은 강물 속에서 부지런히 무언가를 건져 올리고 있었다. 수초 같은데, 먹을거리가 되는가보았다. 해가 기울자 흐르는 강물에 햇살이 부서졌다. 강물에 발을 담그고 허리를 숙인 여인들의 풍경이 하도 아름다워서 한참을 앉아 있다가 하영이와 다시 만나기로 한 미스터 리의 치킨 하우스로 돌아왔다. 그런데 하루 일정으로 투어를 떠났던 아이들이 예상보다 빨리 돌아왔다.

"이모! 삼촌!"

아이들은 뚝뚝에서 내리자마자 뛰어왔다. 모든 녀석들의 옷이며 머리가 흠뻑 젖어 있었다. 그런데 옷만 젖은 것이 아니다. 몇 녀석들은 울었는지 눈도 젖었다.

"스윙점프 하다 떨어졌어요."

"너무 아파 울었어요."

유진이와 서희다. 스윙점프가 많이 무서웠던 모양인데, 그래도 도전했단다. 반대로 재미있어 스윙점프를 세 번이나 했다고 자랑하는 녀석도 여럿 있었다. 일기장에 드러난 그 리얼함이란!

스윙점프를 했다. 다이빙 같은 건 한 번도 안 해본 나는 정말 긴장되고 설렜다. 한 번 하고 난 뒤에는 정말 그 느낌을 잊을 수가 없어서 세 번을 연속으로 했다. 기분이 너무 좋았다. 한국에도 저런 게 있으면 좋겠다는 생각도 했다.

– 박정호

드디어 내 차례인데 공중을 달리는 것 같아 재밌었다. 그러다가 좀 느려지면 풍덩 하고 빠지는 것이고. 난 세 번이나 탔다.

– 송승현

©양나운

맨 처음 정호 형이 스윙점프를 했다. 그다음 희경이 누나가 성공하고 서희가 하는데 하자마자 떨어졌다. 서희는 다시 도전했지만 계속 떨어졌다. 나도 안 하려다가 했는데 솔직히 무서웠다. 그래도 꽤 재밌었다.

- 주영준

그날 저녁, 여행을 떠난 후 두 번째로 모든 아이들에게 부모님께 전화를 드리도록 했다. 미스터 리의 인터넷 전화로 한 명씩 전화를 하는 동안 잠시 볼일을 보고 왔더니, 아이들 눈이 벌겋다. 통화를 하다가 한 녀석이 울기 시작하자 그다음부터는 줄줄이 엄마 아빠 목소리만 듣고도 엉엉 울었다는 것이다. 지나가던 서양 여행자들이 무슨 일인가 싶어 쳐다보고 그랬단다. 청소년들이 전화기만 잡으면 울고 옆에 서 있던 아이도 따라서 울었으니, 서양인들은 무슨 사연인지 무척 궁금했을 것 같다. 더구나 막내 서희는 펑펑 울다가 결국 더 이상 말을 잇지 못해 전화를 그냥 끊어버렸다니 부모님이 얼마나 놀랐을까? 얼마나 힘들었으면 말도 못할 정도로 울까 싶어 걱정이 심할 듯했다.

전화 통화가 끝나고 아이들에게 왜 울었냐고, 여행이 그렇게 힘드냐고, 아니면 오늘 한 스윙점프 때문이냐고 물어보았다. 아이들의 대답은 그게 아니었다.

"아니에요! 하나도 안 힘들어요. 재밌어요."

"그런데, 왜?"

"그냥요. 엄마 아빠 목소리 들으니까, 그냥 눈물이 나요."

"그냥?"

"네……. 그냥!"

그날 밤 부모님들의 마음이 어땠을까? 여행 전에 우리 부부에게 아이들 고생 좀 많이 시켜달라고 말씀들은 그렇게 하셨어도, 애들을 얼마나 혹독하게 다루는가 싶어 때늦은 걱정을 하셨을지도 모르겠다. 그렇지만 아이들은 지금, 여행을 떠나와 가족과 집이 소중해지는 순간을 배우는 중이다.

아이들의 일기

나는 도전했다. 그러나 계속 힘이 풀려서 바로 떨어져버렸다. 다른 사람들은 잘 타는데 말이다. 세 번이나 도전했는데 세 번 다 추락해버려서 온 몸이 아팠다. 너무 피곤하고 온 몸이 젖어서 추웠다. 숙소에 도착해 씻고 난 뒤 집에 전화를 할 수 있는 기회를 얻었다. 근데 가족을 생각하니깐 눈물이 나는 것이었다. 그래도 집에 전화했는데 엄마가 받았다. 엄마 목소리를 들으니 갑자기 눈물이 왈칵 나버렸다. 결국 울어버렸고 엄마랑 통화한 지 2분도 안 돼서 끊어버렸다. 눈물도 너무 많이 났고 잘 들리지 않아서 그랬는데, 가족들이 너무 보고 싶어서 몇 분 동안 계속 울었다. 팀원들도 거의 다 울었다. 빨리 엄마 아빠를 보고 싶다.

- 남서희

©양나운

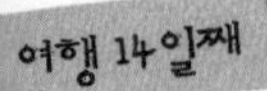

밤새 돼지와 닭들이 그리 울어댄 까닭

히늡 마을을 방문한 첫 외국인

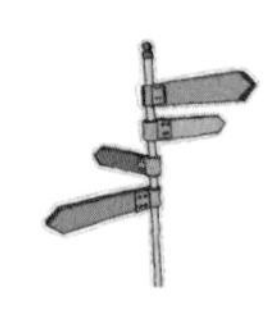

'히늡'이라는 산골 마을에 도착했다. 트럭에 실린 배낭에는 먼지가 새하얗게 앉아 있었다. 눈앞에는 붉은 황톳길을 따라 겨우 스무 채 정도 될까 싶은 나무 집들이 있었고, 검은 돼지며 닭, 개나 오리 들이 아무렇지 않게 집과 길 사이를 드나들었다. 눈동자가 빛나고 피부를 까무잡잡하게 그을린 사람들은 여행학교 아이들이 배낭 내리는 것을 지켜보았다. 남녀노소 가릴 것 없이 동네 사람들이 다 나온 모양이었다. 그도 그럴 것이 우리는 이 마을을 방문하는 첫 외국인이었다.

이곳을 찾은 건 친구 미스터 리 덕분이었다. 시골에서 홈스테이를 하고 싶다 했더니, 마침 알고 지내는 이의 고향 마을에 한국의 몇몇 분들이 기금을 모아 우물을 파주었고 완공에 맞추어 그 한국 분들이 마을을 방문하기로 했다며, 그 일정에 우리 일행을 끼워준 것이다.

마을에는 잔치가 벌어졌다. 우물이 생겼고, 마을이 생긴 이래 처음으로 외국 손님이 방문했으니 잔치가 빠질 수 없었다. 돼지를 잡는다 해서 손을 보태는 의미로 한 마리 값을 내겠다고 하니 마을 사람들은 아예 두 마리를 준비했다. 마을 우물에서 곧 돼지를 잡을 거라는 소식이 전해졌다. 나운, 영준, 승현, 도솔, 서희 등 여행학교의 중딩들은 겁도 없이 돼지 잡는 광경을 보겠다며 몰려갔다. 아내와 나도 따라나섰지만 돼지 멱을 따는 결정적인 장면은 볼 수가 없어 고개를 돌리고 이장님 댁으로 발길을 돌렸다. 돌아오는 길에 돼지 멱 따는 소리가 등 뒤로 들리는 것 같았다. 그런데 겁 없는 중딩들은 생전 처음 보았을 그 순간을 끝까지 보고 와서는 처참했던 광경을 생생히 중계하는 냉혹함(?)도 보여주었다.

깃털처럼 어둠이 내리고, 이장님 댁 마당에는 술통 하나가 놓였다. 장을 담는 단지처럼 생긴 통에 길고 통통한 빨대가 두 개 꽂혔다. 직접 담근 술이었다. 마을에서 손님을 맞이하는 오래된 전통인데, 통을 사이에 두고 마주 앉아 빨대로 술을 마시는 것이라 했다. 우물을 파준 한국 분들 다음으로 내가 이장님과 마주 앉았다. 이장님과 눈을 마주 보며 통 속의 술을 빨아올렸다. 말가면서도 달착지근한 것이 입 안을 적시는가 싶더니 곧장 목젖을 타고 위 속으로 흘러들었다. 우리 청주에 견줄 만한 맛이었다.

고딩인 성호와 희경이가 슬슬 눈치를 살피더니 자리에 앉아 빨대로 술을 빨아올렸다. 다음에는 대학생인 상훈이와 하영이가 나서고 이어서 겁 없는 중딩들이 자리에 앉기 시작했다. 마침내는 중학교 1학년 꼬마들도 나와서는 마을 분들과 눈을 맞추며 빨대를 통해 올라오는 액체의 달착지근함과 이방인에 대한 따뜻한 환영의 마음을 쪽쪽 술술 잘도 마셔댔다. 아이들의 행동이 귀엽고 재미있는지 마을 분들도 왁자지껄 목소리가 커지고 분위기가 달아올랐다. 흐뭇했다. 나중에 부모들이 알게 되면 놀랄지도 모르겠다는 생각도 들었지만, 난 좋았다. 아이들의 몸짓에서 바람의 냄새가 전해졌기 때문이다. 어떤 그물코에도 걸리지 않는 바람. 아이들은 자신의 느낌, 감정, 생각, 혹은 지금 하고 싶은 어떤 것들에 대해 자신이 할 수 있는 가장 솔직하고 자연스러운 반응을 보여주는 중이었다.

그 사이 마당 한편에서는 아까 잡았던 돼지가 긴 쇠꼬챙이에 꿰여 노릇노릇 구워지며 맛있는 냄새를 날리고 있었다. 곧 마루와 마당에 밥과 고기와 술이 한 상 차려졌다. 밥상에는 수저가 없었지만 아이들은이제 더 이상 어색해하지 않았다. 현지인처럼 손으로 밥을 집어 주물럭주물럭거리다가 입으로 가져갔고 돼지

털이 숭숭 박힌 고깃덩이도 맛있게 씹어댔다. 여행을 떠나 낯선 마을에서 이방인이 되어 음식을 대접받는 이 시간을 아이들은 어떻게 기억할까. 버릇처럼 고개를 들어 하늘을 올려다보았다. 별의 밭이 거기에 있었다.

그날 밤 우리는 서너 명씩 짝을 지어 마을 분들의 집에 가서 잠을 잤다. 아내와 나, 수경이, 서희가 함께 간 집에는 할머니와 여덟 살쯤 되어 보이는 손자가 있었다. 다른 식구들은 우리에게 잠자리를 양보하고 이웃집으로 간 듯했다. 집은 나무 널판으로 짰는데, 아래에 통나무 기둥을 받쳐 땅바닥에서 1.5미터 정도의 공간을 띄워 올려 지었다. 다음 날 낮에 보니 집 아래 공간에서 햇볕을 피해 베를 짜거나 지푸라기로 새끼 꼬는 일을 했다. 실내에는 부엌과 방이 분리되어 있고 방은 두 개가 잇대어져 있었다. 의외는 TV가 있다는 것이었다. 전기가 들어온 지 얼마 안 되었다 했지만 역시 TV는 문명의 선발주자로 빠질 수 없나보다.

할머니는 아무 말씀 않고 우리를 부드럽게 바라보기만 하셨다. 가만히 있기가 어색해 나는 방바닥에 놓인 부채를 들었다. 하릴없이 이리저리 돌려보는데 할머니께서 손자를 불러 무언가를 시켰다. 잠시 후 손자가 낑낑대며 선풍기를 가져왔다. 내가 더워서 부채를 부친다고 여기신 것 같았다. 할머니의 마음이 고마워서 잠시라도 선풍기 바람을 맞아주고 싶었지만 그럴 수가 없었다. 열대의 나라 라오스에 있었지만 산골 마을의 밤은 무척 추웠던 것이다. 그날 밤 우리는 빨지 않아 구린내가 진동하는 담요를 두 장씩이나 덮고도 틈이 벌어진 나무 널판 사이로 들어오는 찬바람에 몸을 떨어야 했다.

다음 날 아침. 라오스 산골 마을의 첫 이방인이 되어 하룻밤을 보낸 아이들은 잘 잤느냐는 나의 아침 인사에 밤사이의 에피소드를 쏟아놓았다.

"하영 언니가 눈에서 렌즈를 빼는데 식구들이 전부 신기하게 쳐다보는 거예요. 무슨 외계인 보듯이."

"저녁 내내 온 가족이 우리만 쳐다보고 계셔서 뭘 어떻게 해야 할지 모르겠더라고요. 그냥 난감했어요."

"새벽에 일어나 깜짝 놀랐어요. 눈을 떴는데 아기들이 우리를 머리 위에서 이렇게 내려다보고 있는 거예요."

"밤새 닭들이 울었거든요. 알고 보니까 우리 집 사람들이 우리 때문에 닭장에서 잠을 잤대요. 그래서 밤새 닭들이 그리 울었던 거였어요."

다들 씩씩했다. 밤새 생겨난 이야기도 많았다. 그날 아침, 앞으로의 여행도 이처럼 많은 이야기로 그들에게 남았으면 좋겠다는 생각을 했던 것 같다. 내 염려와 달리 아기들이 없어서 아쉽고 말이 안 통해 답답했다고 말한 녀석은 있어도, 잠자리가 춥고 냄새나고 화장실이 없다고 불평하는 녀석은 한 명도 없었다. 오히려 할머니가, 아저씨가, 아줌마가 자신들을 귀한 손님으로 대해준다는 것을 느낀 것 같았다.

아침식사 후에 마을의 초등학교를 방문했다. 우물을 파준 한국 분들이 이곳 초등학교 학생들에게 학용품과 축구공을 전달할 계획이었는데 우리 여행학교 아이들이 함께 가주기를 원했다. 마을 아이들이 아침 일찍 보자기 책가방을 둘러메고 종종 걸어간 길을 우리는 버스를 타고 갔다. 학교는 넓은 황토 운동장에 일자로 서 있는 단층의 대나무 교실이 전부였다. 여행학교 아이들은 대나무를 엮어 만든 교실로 들어서며 칠판도 공책도 책상도

연필도 제대로 갖추지 못한 교실 환경에 당황하는 눈빛이 역력했다. 나눠줄 볼펜과 공책을 한 아름 쥔 아이들의 손이 작게 흔들렸다. 여행학교 아이들로부터 학용품을 한두 개씩 받아든 이곳 아이들은 포장지를 쉽게 뜯지 못했다. 포장지를 뜯은 아이는 포장지를 버리지 못했다. 볼펜 한 자루와 공책 한 권을, 심지어 포장지조차 그처럼 귀하고 조심스럽게 다루는 이곳 아이들 앞에서 대한민국 아이들의 손이 또 한 번 가늘게 떨렸다. 무언가를 나누어준다는 기쁨과 함께 왠지 모를 미안함이 그들 눈동자에 겹쳐졌다. 나 역시 마음이 무겁기는 마찬가지였다. 다 함께 운동장에서 축구라도 한 판 하면 좋았을 걸. 하지만 이방인들의 얼굴을 미소 짓게 하는 것도 이곳 아이들이었다. 어찌 그리 맑은 눈빛을 하고 있는지, 어찌 그리 싱싱한 웃음을 보여주는지.

궁금하다. 그날 아침 우리 아이들은 무슨 생각을 했을까. 대나무로 엮어 만든 엉성한 교실과 대한민국의 편리한 현대식 학교를 비교하고 있었을까? 아니면 그곳 아이들의 맑고 싱싱한 눈빛과 미소에 학교와 학원을 바쁘게 오가느라 힘든 자신들의 일상을 겹쳐 보았을까? 그도 아니라면 또 다른 어떤 생각을 했을까? 나로서는 그 마음들을 다 짐작할 수는 없을 것 같다. 하지만 그것이 무엇이든 그날의 풍경이 아이들에게 오랫동안 잊지 못할 한 장면으로 남게 되리라는 것은 분명했다.

아이들의 일기

버스를 타고 두세 시간 정도 달려 어느 작은 마을에 도착했다. 여기 완전 좋음. 동물 완전 많아! 근데 충격적인 걸 목격했다. 돼지를 잡아서 죽이는 걸 내 눈으로 봐버렸다. 근데 오늘 아니면 볼 기회가 없을 것 같아서 봤다. 새끼 돼지는 진심 많이 불쌍했다. ㅠ-ㅠ. 그래도 이미 먹어버렸다.

- 김도솔

귀여운 아이의 울음소리에 새벽 4시에 깼다가 겨우 잠이 들었더니, 또 5시부터 과장 않고 약 50마리의 닭들이 울어대는 통에 일찍 잠에서 깨어났어. 버스를 타고 마을의 학교로 갔어. 조그만 시골 학교 교실 안에 여럿이 옹기종기 모여서 수업을 받고 있는데 그 모습이 그렇게 예쁠 수가 없더라구. 선물을 들고 갔는데 "사바이디" 하고 인사를 건네니까 모두 합창하듯이 "사바이디" 하고 환한 미소를 지으며 선물을 받았어.

- 신희경

오늘은 이번 여행에서 가장 특별한 날이다. 외국인과 게스트하우스가 많은 여행지가 아니라 외국인의 방문이 한 번도 없었던 마을에 가서 홈스테이를 했기 때문이다. 마을의 첫인상은 '돼지'

와 '조용함'이었다. 이번 여행을 하면서 내가 가장 많이 변한 점은 길거리에서 개나 고양이를 봐도 놀라지 않는다는 것이다. 오늘 부로 여기에 돼지, 오리, 닭도 포함이다. 크고 검고 주름지고 꿀꿀대는 진짜 돼지가 골목 여기저기를 들쑥날쑥한다. 오리도, 닭도, 염소도. 아침에 일어날 때는 이 모든 동물이 알람시계가 되었다. 돼지 우는 소리에 아침을 맞이하는 경험이라니.

마을의 작은 초등학교에 방문한 건 정말 소중한 경험이었다. 어둑어둑 위태로운 교실 안에서 스무 명 아이들의 눈만 반짝반짝 빛났다. 학용품을 나눠주면서 한 명씩 눈을 맞췄는데 뭔가 모르게 기분이 좀 이상했다. 좀 슬픈 기분이었다. 볼펜을 만지작거리던 아이들은 쓰레기통으로 가야 할 볼펜 포장지까지 손에 꼭 쥐고 있었다. 새로 준 공책도 자국이 남을까봐 펴지 않고 가만히 가지고 있었다. 아, 이제 알겠다. 미안한 마음이었다. 왜인지는 말로 설명할 수 없지만 미안했다.

- 김하영

국경 놀이와 대사관 놀이

비엔티안에서 태국 국경 다녀오기

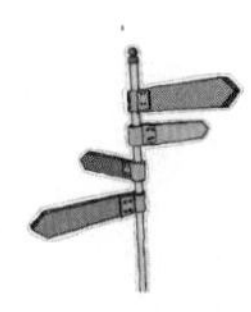

1. 국경 놀이

비엔티안에 도착한 다음 날, 우리는 국경 놀이를 했다. 국경 놀이란 비자 만료일을 앞두고 '한국-라오스 양국의 무비자 협정'에 따라 15일간의 체류 허가를 한 번 더 얻기 위해 이웃나라 태국 땅에 살짝 넘어갔다 돌아오는 걸 장난스럽게 이른 말이다. 그 과정에서 여권에 출입국 도장과 함께 새 비자가 생겨난다.

아침부터 아이들은 신이 났다. 강을 사이에 둔 두 나라를 왔다 갔다 하는 일도 재미있지만, 무엇보다 여권에 도장이 늘어나는 것이 좋은 모양이었다. 아이들은 두 번째 넘는 국경이라고 서로서로 건너다보면서 눈치껏 출국신고서를 작성하고 있었다. 내

앞에서 코를 박고 이것저것 쓰던 막내 수경이에게 짐짓 질문을 던졌다.

"수경아, 우리 지금 뭐 하고 있는 걸까?"

"비자 연장하는 거잖아요. 에이, 그것도 모를까봐요?"

"물론 그렇지. 하지만 단순한 비자 연장, 그거 아니거든!"

"그럼 뭐예요?"

"국경 놀이!"

국경 놀이. 국경, 놀이. 입을 작게 달싹거리던 수경이의 눈이 순간 반짝 빛났다. 그러고는 내게 다시 물었다.

"삼촌! 그러면 하루 종일 왔다 갔다 하면서 여권에 도장을 잔뜩 받아도 돼요?"

"어어, 그야 물론 상관이야 없겠지만 시간이 좀 들겠지?"

"히히. 알겠어요!"

그러더니 수경이는 그때부터 다른 친구들에게 우리가 지금 하고 있는 것이 뭐냐고 물어보고는 신이 나서 국경 놀이라는 답을 들려준다.

드디어 대한민국에서 온 열다섯 명의 여행자들이 라오스 국경 관리사무소에 출국신고를 마치고 라오스와 태국 두 나라를 잇는 '우정의 다리'를 건너기 위해 힘차게 걷기 시작했다. 그때였다. 정복을 입은 라오스 경찰이 소리를 지르면서 쫓아왔다. 다리를

ສປປ ລາວ
LAO PDR
ປະເທດໄທ
THAILAND

'걸어서' 건너는 것은 엄격히 금지되어 있단다. 이상했다. 지난여름에 나는 아내와 함께 자전거를 타고 직접 이 다리를 건넜다. 경찰에게 내가 그 당사자라고 몇 번이나 강조했지만 소용없었다. 상급자를 만나게 해달라고 하니 사무실로 안내해주었다. 나는 나 자신을 교사로 소개하고 우리 학생들이 국경을 걸어서 넘는 경험을 하게 해달라고 부탁했다. 세 면이 바다고 나머지 한 면은 지구상에 마지막 남은 분단국가의 철책선이 가로막고 있는 대한민국의 아이들에게 자신의 두 발로 또박또박 걸어서 넘는 국경선이 어떤 의미가 될지를 생각해달라고 간곡히 이야기했다. 자신이 그 사무실의 최상급자라고 소개한 그는 고개를 끄덕이더니 어디로인가 전화를 넣었다. 내가 알아들을 수 없는 라오스 말로 한참을 통화한 후에 그가 말을 이었다.

"미안합니다. 당신과 학생들의 입장은 충분히 이해합니다. 하지만 정해진 규칙에 다른 선례를 남기는 것은 곤란한 일입니다. 다시 한 번 미안합니다."

아쉬웠지만 더 이상 어쩔 수 없었다. 셔틀버스를 타야 했다. 섭섭한 내 마음과는 달리 아이들은 2층으로 되어 있는 셔틀버스를 타는 것도 좋은 모양이었다. 유리창에 달라붙어 양국의 국기가 빽빽이 꽂혀 있는 다리 난간과 그 아래 강물을 쳐다보았다. 그때 버스가 우정의 다리 중간 지점에서 별안간 중앙선을 넘어 반대쪽 차선으로 달리기 시작했다.

"어어! 버스가 차선을 바꿨어!"

버스가 중앙선을 넘다니. 사정을 모르는 여행자라면 매우 놀라겠지만 국경 버스의 중앙선 침범은 매우 합법적인 것이다. 라오스와 반대로 태국은 일본이나 영국처럼 중앙선의 왼쪽으로 차가 다녔다. 그래서 모든 차량은 두 나라의 영토가 바뀌는 우정의 다리 중간 지점에서 차선을 이동하는 것이다. 마치 신기한 자연현상이라도 본 것처럼 아이들은 놀랐다. 당연하다고 여겼던 것들이 당연하지 않은 상황을 만날 때 우리는 특별한 자극을 받기 마련이다.

다리를 건너자 곧바로 태국 땅이었다. 이번에는 입국을 위한 신고서를 작성했다. 여권에 입국 도장을 받은 아이들이 제일 먼저 달려간 곳은 24시간 편의점이었다. 그도 그럴 것이 라오스 여행 내내 한 번도 볼 수 없었던 편의점이 태국 국경을 넘자마자 바로 나타났으니 반가울 만도 했다. 편의점 실내에는 에어컨 바람이 빵빵하게 나왔고, 상품을 올려둔 선반에는 먼지 하나 없었으며, 냉장고마다 차가운 아이스크림과 음료수가 가득 채워져 있었다. 아이들은 열광했다. 이런 풍경들, 그러니까 대한민국에서는 어느 도시를 가더라도 지극히 일상적인 풍경에도 아이들은 열광했다. 그러니까 그것은 보름 동안의 여행이 우리에게 주는 선물이라고 해야 할 것 같다. 일상적인 것을 특별하게, 흔한 것을 소중하게, 당연한 것을 낯설게 바라보고 느끼는 눈과 마음. 그것을 배우는 것이 또 여행인지도 모르겠다.

점심을 먹고 다시 국경을 넘어 라오스로 돌아오는 길. 수경이가 내게 다가와서 넌지시 묻는다.

"삼촌! 우리가 어떤 사람인지 알아요?"

"어떤 사람이라니?"

"부자들이요! 점심 먹으러 이웃 나라에 다녀오는 부자들!"

옆에 서 있던 아내도 웃고 나도 웃었다. 아마 그 순간 내 얼굴에 행복한 미소가 찾아들었을 것이다. 국경 놀이가 아이들의 상상력에 날개를 달아주었음을 느꼈기 때문이다. 그날 아이들의 일기장이다.

여권이 더러워져서 기분이 좋다. 2면이 꽉 찼다. 여권에 도장을 받는 게 이렇게 보람찬 일이라니. 그냥 버스 타고 다리를 왔다 갔다 한 것뿐인데. 초등학교 때 포도알 스티커를 받았던 느낌이랑 비슷하다.

– 김하영

라오스로 돌아오는 길에 태국에서 쌀국수를 먹었는데 킵을 사용하다가 바트를 사용하니 뭔가 어색했다. 다시 라오스로 돌아오니 '국경 놀이'가 참 재미있다는 생각이 들었다. 하지만 계속 하면 여권이 도장으로 꽉 채워지니까 이상해서 잡혀갈지도 모를 것이다. ㅠㅠ.

- 신수경

국경을 넘어본다는 것이 정말 신기했다. 얼떨결에 부자만 할 수 있다는 '점심 먹으러 다른 나라에 가기'도 해보았다. 그리고 여권에 도장도 정말 많이 받았다.

- 양나운

2. 대사관 놀이

국경 놀이를 끝내고 비엔티안으로 돌아오는 길에 라오스 주재 대한민국 대사관을 방문했다. 그러니까 이번에는 '대사관 놀이'인 셈이다. 그런데 미리 약속을 해두었던 영사님이 자리에 없었다. 행정관 한 분이 대신 나와서 영사님과 전화로 확인을 한 후 우리를 회의실로 안내해주었다. 처음 들어와보는 대사관이라 아이들은 마냥 신기해했다. 행정관은 자신을 소개하면서, 라오스 여성과 결혼해서 살고 있는 자신의 이야기도 잠시 해주었다. 그러고는 아이들에게서 질문을 하나씩 받아가며 조심스럽고 친절하게 대답을 해주었다. 아이들의 질문은 라오스의 역사에서부터 대사관의 역할과 라오스 음식에 대한 것까지 다양했다. 그중에

서 인상적이었던 것은 윤미의 질문이었다.

"라오스에서 우리가 꼭 보고 가야 할 것이 있나요?"

이 질문에 행정관은 단호하게 '사람들'이라는 답을 주었다.

"다른 무엇보다도, 아름답고 평화로운 여기 사람들의 마음을 잘 보고 느끼고 가시길 바랍니다."

그렇게 재미있게 질문과 답을 주고받는 중에 영사님이 들어왔다. 30분쯤 늦은 시간이었다. 6개월 전에 아내와 둘이 여행 왔을 때 직접 대사관을 방문해 영사인 그를 만나 여행학교에 대해 자세히 소개하고 대사관 견학에 대해 의논했었다. 그런 후 두 번이나 이메일을 주고받으면서 일정을 확인했다. 그런데 그는 한 시간짜리 견학에 30분이나 늦고서도 어떤 사과도 설명도 없었다. 게다가 자리에 앉아 불쑥 처음 꺼내놓은 말이 '라오스에는 특별히 볼 것이 없다'는 것이었다. 이어지는 말은 더 가관이었다. 치안도 조금씩 나빠지고 있고 자신은 언제까지 이곳에서 근무할지 모르겠단다. 손님인데, 6개월 전부터 약속된 손님인데, 그것도 외국의 우리나라 대사관을 견학하기 위해 온 어린 학생들인데……. 속상했다. 치사해서 생각지 않으려 했지만 그 더운 날 물 한 잔 내놓지 않는 것까지 섭섭해졌다.

대사관에서 하는 일이나 해외에 사는 한인들의 생활을 궁금해하는 아이들이 있을 것 같아 일부러 마련한 견학이었다. 이런 계기를 통해 아이들이 자신의 꿈과 희망의 폭을 넓혀볼 수있을 거라 생각했다. 그런 마음을 라오스 영사에게 잘 전달했다고 생각했는데 그렇지 않았나보다. 그동안 여행을 하며 해외 주재 대한민국 대사관을 서너 번 정도 가봤지만 그때마다 단 한 번도 '대한민국 국민이어서 좋다'는 따뜻한 느낌을 받지 못했다. 이날도 마찬가지였다. 대한민국 대사관의 문턱은 높고 목은 타는데, 내 마음은 마실 물 대신에 무거운 돌 하나를 쑤셔 넣은 것처럼 답답했다.

그래도 고마운 것은 아이들이었다. 기념사진을 찍으며 좋아하고 방명록에 자신의 사연과 이름을 남기며 즐거워해주니 그것만으로도 위로가 되었다.

국경 놀이와 대사관 놀이로 긴 하루가 끝났다. 아이들은 지금 낯선 길에서 사람을 만나고 사랑하고 또 헤어지는 그 시간들의 소중함에 대해 배워가고 있다.

ⓒ서유진

아이들의 일기

처음에 놀란 건 이곳 대사관에는 라오스 경찰, 군인이 함부로 들어올 수 없다는 것이었어. 이곳은 라오스 정부에서 허가를 한 한국 부지라고 하셨어. 방명록을 남기는데 '○○부 장관' '1급 안보 경찰' 이런 사람들만 쓴 방명록에 내 이름을 남기는 경험을 해서 무척 좋았어.

- 신희경

오늘, 입국 출국 심사만 네 번을 했다. 나, 이런 남자다. 국경을 넘나드는. 알다시피 대한민국은 육로로 다른 나라에 가는 일은 있을 수 없지만 여기 라오스와 태국은 메콩 강을 사이에 두고서 반은 라오스, 반은 태국이다. 두 나라는 교통법규도 달라서 한 나라에서 다른 나라로 넘어가는 도중에 차선도 바꿔서 타야 한다. 정말 짜릿하지 않은가!

- 고상훈

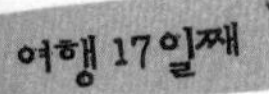

비엔티안의 꼬마 여행자들

발길이 닿는 대로 비엔티안 탐험하기

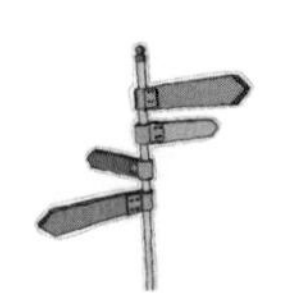

라오스의 수도 비엔티안에서 사흘을 보내기로 했다. 산골 오지 마을에서 하룻밤을 보낸 후 만난 도시는 극적인 반전처럼 느껴졌다. 이곳에는 라오스에 와서 처음 만나는 것들이 수두룩했다. 백화점이나 쇼핑센터, 대형 슈퍼마켓 같은 것들은 물론이고 왕복 8차선 도로와 건널목 신호등이 또한 그랬다. 아이들은 오랜만에 접하는 도시의 번화함이 낯설면서도 반가운지 도착한 첫날부터 밤낮을 가리지 않고 돌아다녔다. 쇼핑을 하고, 베이커리를 들락거리고, 카페와 레스토랑을 공략했다. 한 번도 방문한 적 없는 이 도시에서 특히 군것질 거리를 찾아내는 그들의 능력은 가히 본능적이라고 해야겠다.

비엔티안에서 처음 만나는 것은 또 있었다. 한글 간판이다. 아이들은 한글 간판만 보면 신기하고 반갑고 기분이 좋아진다고 말했다. 아마도 해외여행을 해본 사람이라면 첫 여행길에서 접하게 되는 한글 간판이 어떤 의미인지 잘 알 것이다. 아내와 나의 경우에도 삼성이나 LG의 전자제품 판매점 간판을 보면 저절로 문을 열고 들어서곤 했다. 그 안에 한국 사람이 있어 나의 모국어로 반겨줄 것 같았기 때문이다. 아이들의 심정도 이와 비슷할까. 하지만 일상으로부터 멀리 떠나온 이곳 비엔티안에서 그것이 무엇이든 삶에서 정말 간절하고 소중한 어떤 것에 대해 느끼는 감성을 아이들이 발견하기를 바랐다.

하루는 모둠별로 비엔티안을 탐험했다. 덕분에 자유의 몸이 된 아내와 나는 게스트하우스에서 느지막이 나와 비엔티안에서 가장 오래되었다는 사원 하나를 돌아보고 점심을 먹기 위해 버스 터미널 근처의 쇼핑센터로 갔다. 그곳 3층에 푸드 코트가 있는데 다양한 라오스 요리를 맛볼 수 있는 데다 한국 분식 코너도 있기 때문이었다. 그런데 거기에서 상훈이와 하영이와 수경이와 도솔이와 서희를 만났다. 이제 그들은 가이드북에 나와 있지 않은 곳도 척척 찾아다녔다. 반가운 마음에 내가 시침을 떼고 장난을 걸어본다.

"어! 한국에서 오신 분들인가봐요?"

서희가 무슨 상황인가 이해가 안 돼 눈을 끔벅이는 사이 눈치를 챈 도솔이와 수경이가 얼른 장난을 받았다.

"그쪽도 한국 분이세요? 두 분이서 오셨나봐요? 그런데 여기 한국 음식 맛있나요?"

다시 아내가 장난을 이어간다.

"네, 그럼요. 라오스 음식들도 맛있어요. 그런데 우린 바빠서. 또 인연이 있으면 만납시다. 여행 재미있게들 하세요."

"인연? 흐흐흐. 네, 그쪽 분들도 여행 잘하세요."

그렇게 아이들과 헤어지고 인터넷 카페에 들렀다. 라오스 여행 17일 만에 처음으로 이메일을 확인했다. 원고 청탁 하나와 출판사로부터 첫 번째 책의 표지 날개 글을 수정했으면 한다는 이메일이 와 있었다. 답장을 보내고 내 블로그와 미니홈피를 둘러보는데 제주도에 있는 지인의 안부 글 하나가 눈에 들어왔다.

"라오스는 어때요? 제주도는 지금 무지 추워요. 대박 부러워요."

우리는 엄청 더운데 다른 이는 그게 부럽단다. 재미있다. 누구는 추워서 부럽고 누구는 더워서 웃기다. 그래서 삶이란 생각하기 나름인가보다. 한국은 무지 추운 계절에 한 달이나 여름날을 살고 있는 나는 그것만으로도 행복해야겠지. 괜히 기분이 좋아진다. 아내와 나는 산뜻해진 마음으로 라오스의 개선문 파뚝싸이

Patuxay로 발길을 옮겼다. 그런데 그곳에서 푸드 코트에서 마주친 아이들을 또 만났다. 이번에는 녀석들이 먼저 장난을 치며 아는 체를 한다.

"아유! 한국에서 오신 분들, 또 만났네요!"

"그러게요."

"이것도 인연인데 사진이나 함께 찍으실래요?"

그렇게 또 하나의 놀이가 만들어진다. 이름 붙이자면 '외국에서 처음 만난 한국 사람 놀이.' 가만 보니 아이들은 재주도 좋았다. 어디에서 찾았는지 즉석 스티커 사진을 찍은 것이다. 녀석들이 자랑 삼아 보여주는 사진을 들고 나는 딴청을 피웠다.

"뭐야 이건? 화질이 엉망이잖아!"

"그래도 괜찮아요. 여긴 라오스고 기념이니까. 흥, 좋아요. 그럼 인연이 있으면 또 봅시다."

그렇게 헤어지고 황금사원 파탓루앙Pha That Luang에 다녀온 후 저녁을 먹고 강변을 거니는 동안에도 더 이상 한국에서 온 꼬마 여행자들은 만나지 못했다. 인연이 이어진 것은 그날 밤. 물론 전날부터 약속된 인연이다. 야간 침대 버스를 타고 라오스 남부지역 참파삭Champasak으로 이동하기로 했던 것이다.

픽업 나온 트럭을 타고 버스 터미널로 가는 길. 노랗고 큰 보름달이 떠올랐다. 달은 비엔티안의 밤거리를 저공비행하며 우리를 따라왔다. 가끔 도시의 그림자와 만나 상현달이 되고 초승달이 된다. 아이들에게 쫓아오는 보름달을 보고 소원을 빌면 반드시 이루어질 것이라 했더니, 유진이는 바로 두 손을 모으고 정호는 그제야 "어디 어디?" 하며 보름달을 찾았다. 귀여운 녀석들. 보름달에 비친 그들 얼굴 하나하나를 살펴보는데 활짝 피었다는 생각이 들었다. 햇볕에 탄 피부에 피로가 덕지덕지 묻어 있지만 편안해 보였다.

아이들에게 물었다.

"우리 이제 비엔티안을 떠나는데 이 도시가 어땠는지 얘기해 볼까?"

제일 먼저 열여덟 살 희경이가 반응한다.

"차들이 빵빵거리지 않아서 좋아요."

같은 모둠이면서 희경이보다 한 살 어린 성호가 맞장구를 쳤다.

"맞아요. 우린 매일 무단횡단을 하는 데도요."

그래, 맞다. 차보다 사람이 우선. 희경이의 이야기가 이어진다.

"삼촌! 오늘 한국 식당에 갔는데 주인아주머니가 우리더러 몇 살이냐고 물어보시잖아요. 그래서 열네 살, 열다섯 살, 열일곱 살, 열여덟 살이라고 대답했거든요. 그런데 조금 있다가 또 오셔 가지고 이번에는 여행이 힘들지 않느냐고 물어보시더니 음료수를 공짜로 주셨어요. 히히."

그분의 마음을 알 것도 같았다. 어린 친구들이 자기들끼리 여행을 다닌다고 하니 놀랍기도 하고 기특하기도 했을 것이다. 나도 맞장구를 쳐주었다.

"음료수가 공짜라서 더 맛있던?"

"네!"

그러자 다른 모둠 녀석들이 질세라 이야기에 끼어든다.

"이모! 삼촌! 우리는요, 파탓루앙에 갔어요. 거기서 한 여대생을 만났는데 한국말을 배우는 중이라면서 이 팔찌를 그냥 줬어요."

"팔찌를?"

"네!"

"그래? 음료수도 대접받고 팔찌도 얻고. 너희들이 이모랑 삼촌보다 더 낫네!"

"진짜요?"

"그래, 이제 하산해도 되겠다!"

"크크. 하산!"

진짜다. 아이들은 이제 뚝뚝도 잘 잡아타고 구경도 잘 찾아 하고 밥은 더더욱 잘 챙겨 먹는다. 우리 부부보다 못할 것이 없었다. 요즈음 점점 더 여행에 몰입해가는 모습도 예뻤다. 숙소를 구하는 것도, 식당을 찾아 헤매는 것도 아이들에게는 모두 놀이가 되었다. 여행을 즐기는 자기만의 노하우도 조금씩 쌓아가고 있다. 비로소 주어진 여행 프로그램에 참가한 것이 아니라 스스로 여행을 하고 있다는 느낌이 들었다. 이 도시를 두 번째 방문한 우리 부부가 발견하지 못한 것들을 아이들은 찾아냈고, 또 망설이다 도전하지 못했던 것들을 아이들은 그냥 뛰어들어 경험했다. 흔히 우리가 '잘 알고 있다고 생각하지만 실은 그래서 더 모르는 것이 있다'고 말하는 것은 이 때문인 모양이다.

보름달의 배웅을 받으며 비엔티안을 떠나는 날, 여행이든 삶이든 너무 잘 알아서 보지 못하고 너무 많이 겪어서 느끼지 못하는 그 역설의 이치를 아내와 나는 아이들로부터 배우고 있었다.

아이들의 엽서

아빠! 엄마! 효경아! 나는 바로바로 수경이랍니다. 하하핫! 다들 나 보고 싶어 안달이 났을 거야. 많이 걱정하고 있겠지만 난 정말 잘 지내고 있어. 여긴 먹을 것도 정말 많아. 향신료 때문에 내 입맛에 안 맞는 게 많지만 한국 음식점이 의외로 많아서 행복해. 우리가 직접 숙소 구하는 것도 재미있고 내가 직접 돈 관리를 해서 책임감도 넘쳐나는 것 같아. 여행 오면서 얻고 가는 것이 무척 많아. 내가 한국에 가면 그땐 중1 신수경이 아닌 성장한 중2 신수경이 될 것이야! 기대해. 여행 가기 전에 걱정 많이 했지만 라오스 사람들은 정말 소박하고 순수해. 라오스에서 좋은 인연 갖고 남은 일정 잘 보내고 갈게.

- 신수경

사랑하는 부모님께.

지금 저는 라오스의 수도 비엔티안에 있어요. 이곳은 경치도 좋고 사람들도 순박해요. 여행의 반이 조금 넘은 지금까지 오르막길과 내리막길이 많은 산길 30킬로미터 거리를 자전거를 타고 가기도 하고 자그마한 폭포 주위를 코끼리를 타고 돌아다녀보기도 했어요. 배를 타고 버스를 타고 기차를 타고 다니며 강, 호수, 폭포, 논, 밭, 숲을 구경하고 따뜻한 마음을 지닌 사람들과 하루 정도 친구가 되어보며 건강하게 지내고 있어요. 가끔은 한국과 이곳의 시차를 계산해보고 "지금쯤이면 아버지는 무엇을 하고 어머니는 무엇을 하고 있겠구나" 하고 생각하기도 해요. 전 생각보다 편하게 지내고 있어요. 한국은 추울 테니 몸조리 잘하세요.

- 2011. 01. 21. 라오스에서 아들 승현이

사랑하는 엄마, 아빠.

엄마, 아빠. 저 맏딸 희경이에요. 지금 저는 라오스의 수도 비엔티안에 있어요. 이곳 라오스는 책에서 봤던 것처럼 조용하고 편안한 휴식처인 것 같아요. 오기 전에는 곧 고3이기도 하고 이 여행이 정말로 나한테 뭘 줄 수 있을지 몰라서 고민도 많이 하고 짜증도 냈어요. 매일 매일 일상이 똑같고 고3인데도 꿈에 대한 의지도 없었던 저한테 이번 여행은 힘들 때마다 생각하면서 마음을 가다듬는 계기가 될 것 같아요. 이곳에서 살고 있는 해맑고 순수한 아이들을 보면 활력이 생겨요.
떠나기 직전에 엄마 아빠랑 싸우고는, 솔직히 '아, 이제 한 달이나 신경질 내고 싸울 사람이 없어서 좋다' 이렇게 생각했는데 사실 많이 보고 싶어요. 할머니, 효경이도요. 엄마, 아빠, 아프지 말고 잘 계세요! 사랑해요!

- 신희경

3
길 위에서 마음껏 날아오르다

참파 꽃 피는 마을에서 도마뱀과 함께

슬리핑 버스 타고 참파삭까지

우리는 시인 타고르가 좋아했다는 참파 꽃이 집집마다 피어 있는 마을, 참파삭으로 가고 있다. 앙코르와트와 동시대의 유적지가 있는 것으로도 유명한 곳이다.

자동문. 태백 통리 구사리 신리 동활 풍곡 오저 탕곡 기곡 축전 노경 호산. 2006, 8, 21. 직행. 일반 1000원, 중고생 800원, 초등생 500원. 금연 구역. 쓰레기를 버리지 마시오.

행운이다. 라오스 남부 어느 시골길을 달리는 버스 안에서 한글을 만났다. 어느 날 페루의 안데스 산악 마을에서 한국인 이민자를 만났을 때처럼 반가웠다. 버스 운전석 옆에 붙여진 종이 위에 빼곡하게 적힌 한글 지명들이 그리운 사람들의 이름처럼 살갑다. 2006년 8월 21일. 버스는 적어도 그때까지는 강원도 심산유곡 구석구석을 넘어 다니며 여행자들을 실어 나르고 장날이면 시골 어르신들의 읍내 나들이를 지켜보았을 것이다. 1000원, 800원 그리고 500원. 그 아래에 적힌 운임이 강원도 산골 소년의 얼굴인 양 순진하다. 이 버스는 무슨 사연이 있어 이곳 라오스까지 흘러온 것일까? 어떤 경로를 거쳐 한국에서 온 여행자조차 단 한 번 가본 적도 들어본 적도 없는 마을들의 이름을 품고 옛 크메르 왕국의 낯선 유적지를 향해 달려가고 있는 것일까?

우리는 지난밤 비엔티안에서 팍세Pakse로 떠나는 슬리핑 버스를 탔다. 2층 버스는 높고 깨끗하고 안락했다. 아이들은 처음 타보는 침대 버스에 매료되어 자정을 넘긴 시간까지 깨어 있었다. 높은 침대에 누워 차창 밖으로 지나는 밤의 흐름을 지켜보았다. 아침이 되어 붉고 노란 하늘이 얼굴을 내밀 무렵, 라오스 남부의 주요 도시인 팍세에 도착했다. 침대 기차, 장거리 버스, 뚝뚝, 트럭으로 만든 로컬 버스 썽태우Songthaew 그리고 슬로 보트에 이은 지난밤의 슬리핑 버스는 아이들이 좋아하는 '라오스에서 타본 것들' 목록 중 상위에 랭크될 것 같다.

나는 아이들에게 의견을 물어본 후, 팍세에서 하루 머물기로

했던 계획을 변경했다. 예정보다 이른 아침에 도착하기도 했지만 참파삭이나 돈콘Don Khon에서 하루를 더 보내고 싶었기 때문이다. 그렇게 팍세에서 다시 참파삭행 시골 버스에 몸을 실었다가 뜻하지 않게 모국의 문자들과 마주하는 행운을 얻은 것이다.

세 시간째 달리던 버스가 작은 나루터에 멈추었다. 강폭이 꽤 넓었고 그 너머로 마을이 보였다. 참파 꽃이 예쁜 마을, 참파삭에 다다른 것이다. 그곳 강가에는 뗏목을 여러 개 이어 붙인 배가 기다리고 있었다.

강물을 건너자 한적한 열대의 마을이 나타났다. 조용하고 편안한 느낌이었다. 길을 따라 구멍가게, 게스트하우스, 가정집, 식당이 이어지는데 마당에는 어김없이 노란색 심을 가진 하얀 참파 꽃이 피어 있다. 맑고 붉은 황톳길에 떨어진 참파 꽃 한 송이를 줍고는 고개를 들어 하늘을 보았다. 태양은 뜨겁고 구름은 하얗고 하늘은 파란데 낮달이 떴다. 길가에서 뛰노는 아이들의 웃음소리도 맑고 높다. 꼭 아프리카의 어느 마을에 와 있는 것만 같았다.

아이들은 모둠별로 숙소를 구하기 위해 흩어졌다. 어쩌다 보니 아내와 나는 윤미네 모둠과 같은 호텔을 찾아가게 되었다. 호텔은 넓고 깨끗하고 햇볕이 잘 들면서도 에어컨까지 갖추고 있는데도 가격이 저렴했다. 이틀을 묵기로 하고 가격을 흥정하고 있자니 아이들끼리 하는 말이 들려왔다.

"야, 빨래 잘 마르겠다!"

"진짜! 대박! 우리 빨래부터 하자."

우습다. 그리고 흐뭇하다. 녀석들이 집에서는 단 한 번이라도 빨래란 것을 해보았을까? 그것도 손빨래를. 그런데 숙소를 구하면서 햇볕 잘 드는 발코니를 보고 제일 먼저 떠올리고 좋아하는 것이 빨래가 잘 마르겠다는 생각이라니. 자기네들이 언제부터 빨래를 했다고. 깜찍하고 우습다가도 기분이 한없이 좋아졌다. 아이들과 우리 부부가 세대를 넘어 소통하고 공감하는 범위가 조금씩 넓어지고 있다는 느낌이 들었다.

부지런한 윤미는 승현이와 함께 배낭을 풀자마자 마을 구경에 나서더니 바나나, 옥수수, 파파야를 사왔다. 내일 오후에 받을 전통 마사지도 예약해두었단다. 아내와 나도 선착장까지 산책을 나서는데 이번에는 다른 모둠의 희경이와 성호를 길에서 만났다. 후다닥 맞잡았던 손을 놓는 것 같다. 두 녀석의 관계가 심상치 않다. 물어볼까 하다 모른 체했다. 다른 한 손에는 뻥튀기를 들고 있었다. 길에서 꼬마가 팔고 있어 샀단다. 그러고는 값싸게 구한 자기들 숙소 자랑(?)을 시작했다. 방 안에 도마뱀이 기어 다니고 욕실에는 개미가 300마리 정도 우글거리지만 문제없단다.

자기들은 이렇게 아낀 돈으로 돈콘에 가서 비싼 호텔에 묵으며 근사한 식사를 할 계획이란다. 기분이 좋아졌다. 아이들은 이곳 숙소나 문화에 잘 적응하기도 했지만, 무엇보다 스스로의 취향과 계획을 가지고 나름대로 여행을 조직하고 있었다. 자기가 하고 싶은 것들을 스스로 찾아가고 있는 것이다. 그들에게 이번 여행이 적어도 자신이 좋아하는 것을 맘껏 해보았다는 어떤 만족감으로 남을 것 같은 믿음이 생기는 것도 같은 이유에서다.

그날 오후, 수박을 작은 것으로 네 통 샀다. 여행학교 식구들 열다섯 명 모두가 우리 숙소에 모였다. 2층 베란다에 앉아 함께 수박을 먹는데, 이번 여행으로 그들뿐 아니라 우리 부부도 참 행복하다는 생각이 문득 들었다. 그러자 남은 여행이 아쉬워지기 시작했다. 말하자면 여행이 클라이맥스를 향해 가고 있음을 감지한 것이다.

아이들의 일기

따사롭고 나른한 라오스의 오후에 취했는지 모르겠지만 조원 아이들과 다 같이 모여 잠을 잤어. 한 세 시간쯤 자고 나서 일어난 나와 성호 둘이서 과일을 사러 돌아다니다가 중간에 옥수수도 하나 샀어. 걸어오다가 막대기 양쪽에 뻥튀기를 걸고 돌아다니면서 파는 귀여운 아이를 보았는데 "따오 다이(얼마니)?"라고 물으니까 조심스레 손가락 하나를 펴 보이며 천 킵(우리 돈으로 약 150원)이라고 말하는 귀여운 여자아이를 보면서 하나만 살 뻥튀기를 세 통이나 사는 과소비를 하기도 했어.

- 신희경

숙소에 벌레가 엄청 많았다. 진짜, 거짓말 아니고 무진장 많았다. 개인적으로 한때 곤충학자를 꿈꿨을 정도로 벌레를 무서워하지 않지만 샤워할 때 개미 300여 마리가 우수수 검은 눈처럼 떨어지는 걸 보고 '이건 아닌데'라고 생각할 정도로 많았다. 자포자기하는 심정으로 바디워시를 짜는데 개미 세 마리가 꼬물거리고 있었다. 헛웃음을 치면서 그냥 비벼댔다. 침대에 누우니까 천장에 도마뱀이 있었다. 하하하하하. 정말 자연과의 어울림을 뼈저리게 느끼게 하는 숙소다.

- 서유진

슬슬 라오스 여행이 끝을 향해 달려가는데, 더 있고 싶고 애들과 더 놀고 싶다. 다시 일상생활로 돌아가기 싫어진다. 앞으로 5일 정도 후면 라오스를 떠나게 된다. 벌써 여행한 지 18일이나 지났다. 눈 한 번 깜박이니 지나간 느낌이다.

- 박성호

저녁을 윤미네와 먹고 숙소에 들어가는데 세상에, 내가 처음 보는 밤하늘이었다. 상투적인 말이지만 '별 가루를 뿌려놓은 듯한' 하늘이었다. 하얗게 빛나는 별이 하늘을 가득 채우며 매달려 있었다. 그런 밤하늘을 못 보고 사는 사람들도 있겠지. 그런 사람들에 비하면 나는 얼마나 행복한 걸까. 정말 한 조각을 잘라내 선물하고 싶은 밤하늘이었다.

- 김하영

©서유진

크메르 왕국의 유적지에서

참파삭에서 왓푸까지 자전거 타기

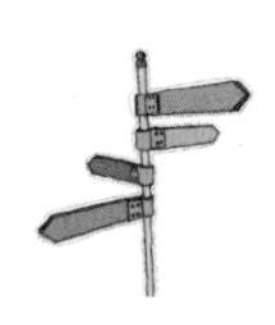

새벽 6시. 지난밤 하늘 가득 뛰놀던 별들은 돌아가고, 잠이 덜 깬 여행학교 아이들이 하나둘 자전거를 끌고 호텔 앞마당으로 모여들었다. 눈꺼풀이 반쯤 감긴 모양이 자전거를 끌고 오는지 자전거에 끌려오는지 모를 정도였다. 저마다 한 방에 모여 늦은 시간까지 놀았던 게 틀림없었다. 타이어에 바람이 잘 채워져 있는지 일일이 확인하게 한 후 막 동이 터오는 황톳길로 자전거를 내달았다. 목적지는 왓푸 참파삭 Wat Phu Champasak. 유네스코 세계문화유산으로 등록되었고, 캄보디아 앙코르와트와 동시대 유적지로 당시 왕성했던 크메르 왕국의 거대 사원으로 알려진 곳이다. 이는 우리가 캄보디아와의 국경, 즉 태국·캄보디아·라오스 삼각지대에 가까워졌음을 말해주는 것이기도 했다.

길은 평지에다 좁지도 넓지도 않았다. 자전거 타기에 좋은 길이었다. 왼쪽으로는 메콩 강이 오른쪽으로는 논밭과 산들이 이어져 탁 트인 느낌이었다. 그나마 드문드문 보이던 마을의 집들마저 사라지자 시야는 온전히 붉은 흙길과 강 그리고 파란 하늘에 흰 구름만으로 채워졌다. 오가는 자동차도 거의 없어서 아이들은 서로의 속도를 경쟁하며 마음껏 질주했다. 나도 남자아이들의 경주에 동참했다. 별명이 '질주 본능'인 승현이에 이은 2등. 좋았다. 자유롭다는 느낌. 아이들도 기분이 좋은 듯 보였다. 노래를 부르는 녀석도 있었다. 하지만 곧 열대의 태양이 고도를 높이기 시작했다. 이른 새벽에 출발한 것도 그 때문인데, 대지는 아침 7시부터 뜨거워지고 있었다. 지쳐서 헉헉거릴 즈음에야 겨우 목적지에 도착했다.

아침식사로 쌀국수 한 그릇씩을 먹고 본격적인 유적지 탐험에 나섰다. 뜻밖의 좋은 소식은 만 15세 이하의 어린이는 입장료가 무료라는 것. 만 15세이니 우리 일행 열다섯 명 중에 중학생인 아이들 일곱 명이나 해당되었다. 매표소 앞에서 아내가 '어린이'는 손을 들어보라고 했다. 직원의 놀라는 표정을 보아하니 우리 아이들의 덩치가 이곳 아이들에 비해 많이 큰 모양이었다. 그

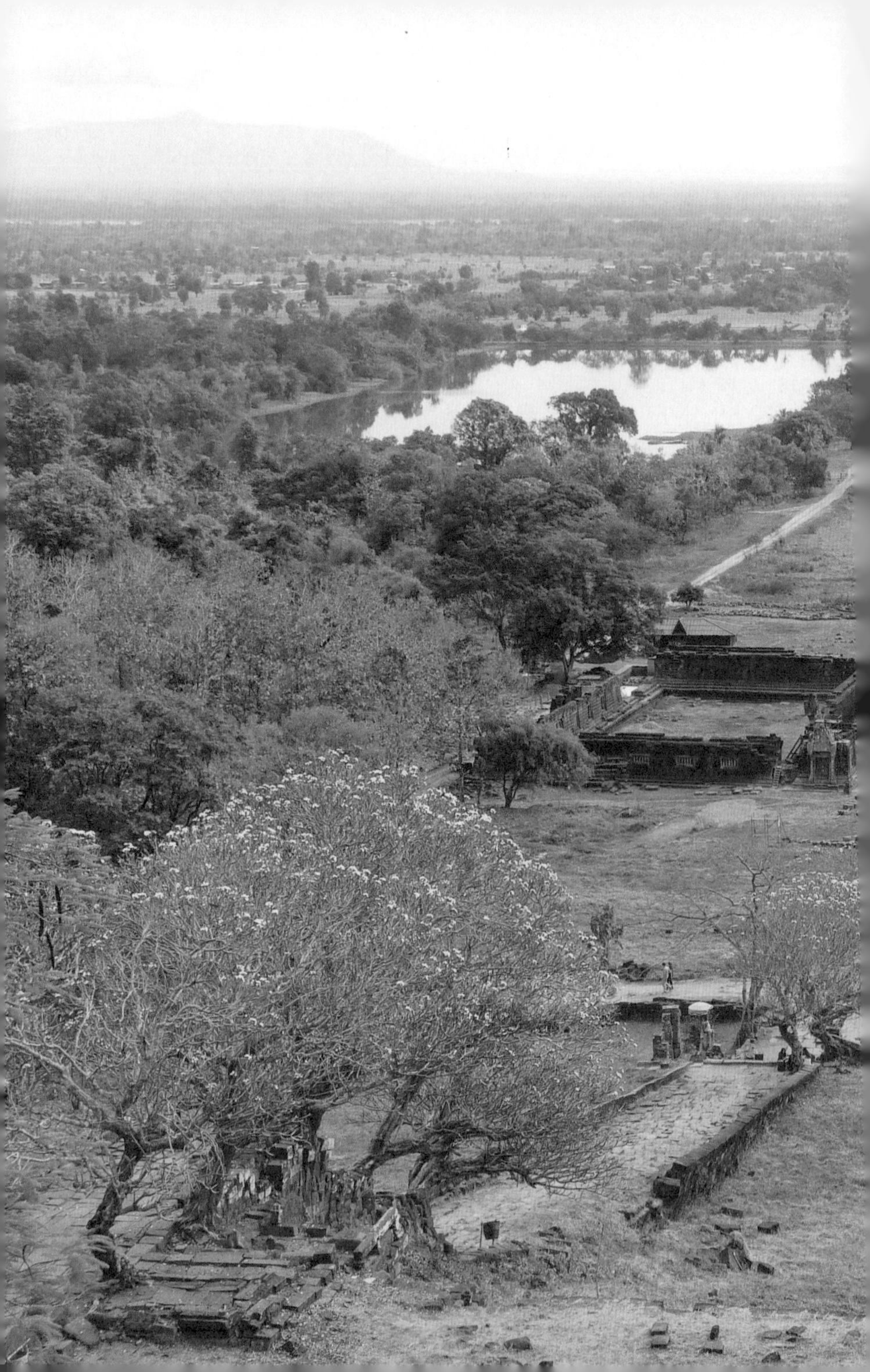

런데 본인의 의지와 상관없이 '어린이'가 된 정호는 영 기분이 마땅찮은 듯했다.

"이모! 저 열여섯 살이에요."

"만으로는 열다섯 살이거든!"

"에이, 어린이 아닌데."

덩치 큰 정호의 기분과 반대로 입장료를 절약해 기분이 좋아진 아내는 이국의 땅에서 졸지에 어린이가 된 아이들을 짐짓 놀린다.

"어린이 여러분! 길 잃지 않게 손 꼭 잡고 따라와요!"

유적지는 언덕 비탈을 올라가며 크게 세 개의 단으로 되어 있었다. 첫 번째 단에는 바레이Baray라는 커다란 인공 호수가 있는데 그곳 테라스에서 호수와 마을을 관망할 수 있도록 설계한 듯했다. 테라스를 넘어서면 힌두교 수호신들을 조각한 입상들이 긴 행렬을 갖춘 채 도열해 있고, 그 사이로 난 길이 아스라이 언덕으로 이어지는데 무척 아름다웠다. 바닥에 넘어졌거나 코가 떨어져나갔거나 얼굴 한 부분이 깎여나간 신들의 조각상들이 고대 크메르의 시간과 그 길을 걷는 지금 우리의 시간을 이어주고 있었다.

신들의 행렬 좌우로 인공호수가 또 있었다. 나는 크메르의 시간을 벗겨내듯 길을 벗어났다. 물소의 울음소리가 들렸기 때문이다. 그 옛날 크메르 건축가들이 만든 호수에는 물이 줄었어도 수많은 갈대와 물풀들이 자라고 있었다. 물소 한 마리가 있었고, 그 물소를 몰고 나왔을 서너 명의 꼬마들이 있었다. 아이들은 물소를 멀찍이 풀어두고 물고기를 잡고 있었다. 다가가서 여자아이가 들고 있는 대나무 통을 들여다보았다. 제법 굵은 물고기 네댓 마리가 들어 있다. 아이들은 낯선 이방인의 등장이 재미있어 까르르 웃으면서도 첨벙첨벙 물 가운데로 달아났다.

이제 두 번째 단이다. 조각상 행렬 끝에 두 채의 사원이 있는데, 별채라는 설명이 붙어 있었다. 문화재 재건 작업 중이라 안으로 들어가볼 수는 없지만 앙코르와트의 건축 양식과 동일한 것이 분명했다. 벽면마다 희미하게 힌두교 신들의 이야기와 무희 압살라의 춤 동작이 남아 있었다. 사원을 지나자 언덕으로 오르는 계단이 나왔고 그 옆으로 크고 오래된 참파 나무가 한 그루 서 있었다. 마지막 세 번째 단으로 오르는 계단의 시작이었다. 마치 여행자에게 성聖과 속의 경계를 알려주기 위한 표식인 양 참파 나무는 그곳에 서서 흐드러지게 꽃을 피우고 있었다. 지상에서의 근심을 털어버리고 하늘로 오르는 불꽃들의 하얀 결집 같기도 했다.

여행학교 아이들은 만만치 않은 계단을 오르며 더운데 꼭 끝까지 올라야 하냐고 투덜거렸다. 그래도 모두 끝까지 오를 거란 걸 잘 알기에 아내와 나는 떨어진 참파 꽃 한 송이를 주워들고 앞서서 계단을 올랐다. 그 긴 계단 끝에 테라스가 있고 마침내 본 사원이 나타났다. 아이들은 테라스에 올라서서 시원한 바람을 맞았다. 우리가 올라온 계단 길이며 사원의 전경, 참파삭 일대의 마을과 논밭들이 한눈에 다 들어왔다. 아름다웠다. 경치도, 땀을 흠뻑 흘리고 올라와 돌 위에 드러누워 헉헉대다가도 그 경치 앞에 서자 언제 그랬냐는 듯 즐거워하는 아이들의 웃음도. 내 손 안의 참파 꽃 한 송이를 무희 압살라의 머리 위 틈새에 끼워 넣었다. 이 마을에 참파 꽃이 많은 이유가 그들 무희들과 어울리기 위한 것인 듯 참 예뻤다.

사원 안팎을 모두 돌아보고 천천히 내려왔다. 그런데 아이 한 명이 보이지 않았다. 질주 본능 승현이다. 모이기로 한 시간을 넘겼는데도 나타나지 않았다. 유적지 입구에 자전거도 없는 걸 보니 어딘가에서 또 질주 본능을 즐기고 있는 모양인데, 이건 규칙 위반이다. 잠시 후에 나타난 그는 1달러의 벌금을 내야 했다. 약속 시간을 지키지 않았고, 혼자 움직이면서 아무에게도 얘기해두지 않았다. 녀석은 자전거만 타면 무작정 내달렸다. 힘도 좋고 기술도 좋아 금방 시야에서 사라지고 말았다. 그래서 내가 질주 본능이란 별명도 지어줬지만 이럴 때마다 가슴이 철렁했다.

처음에는 대열이 잘 지켜지다가 흐트러지기 시작하자 나는 속도를 올렸다. 자전거를 타면 폭주한대서 붙은 별명이 질주 본능인데 솔직히 내가 빠른 게 아니라 나머지가 느린 게 아닌가 생각하기도 했다. 그냥 돌아보다 너무 목이 말라서 식당에서 이것저것 사 마신 건데 삼촌에게 혼이 났다. 생각해보니 두 명 이상이서 돌아다니라고 했는데 내가 어겼으니 당연하게 생각하고 벌로 1달러를 냈다.

– 송승현

루앙프라방에서의 사고 이후에는 다 함께 자전거 타는 것이 조심스러웠다. 승현이에게 필요 이상 잔소리를 늘어놓은 것도 그 때문이리라. 그런데 사고는 엉뚱한 곳에서 났다. 돌아오는 길에 아이들이 이모라고 부르는 나의 아내가 사고를 당한 것이다. 정오에 가까워지면서 점점 지쳐갈 때쯤이었던 것 같다. 그 장면을 바로 뒤에서 목격한 도솔이 말에 의하면 마주 오던 오토바이가 '어어' 하는 사이에 다가와서 쿵 부딪혔다. 깜짝 놀란 나는 되돌아 자전거를 몰고 달려갔다. 정호가 대신 끌고 오는 아내의 자전거는 휘어지고 엉망이 되어 있었지만 다행히도 아내는 멀쩡했다. 그 순간 얼마나 놀라고 얼마나 고마웠는지. 그런데 왜일까. 아무런 일이 없다가도 자전거만 타면 사고가 났다. 이러다 자전거 징크스가 생기는 건 아닐는지.

그날 오후 참파삭에 돌아와서 다 함께 늦은 점심을 먹었다. 강이 내려다보이는 레스토랑이었다. 식사 때를 비껴난 시간이라 식당에는 우리밖에 없는데도 주문한 요리는 소식이 없었다. 그때 막내 서희가 한 시간 가까이 기다려놓고도 아무렇지 않게 말했다.

"여긴 기다림이 일상이에요."

다른 아이들도 마찬가지였다. 기다리는 시간 따위는 아랑곳하지 않는다는 표정. 당연하다는 듯 테이블에 앉아 이야기를 나누고 일기를 쓰거나 사진을 찍었다. 그러니까 아이들은 라오스의 시간과 속도에 스스로를 동일화하고 있었다. 여행을 서두르지 않는 법을 몸에 익히는 중이었다.

밤에는 몇 명이 라오스 전통 마사지를 받았다. 아내와 나 역시 마사지를 받고 숙소로 돌아오는 길. 하늘을 올려다보았다. 별들이 가득했다. 이제 우리가 건강하게 돌아가기만 하면 될 것 같아, 별을 보며 그렇게 소원을 빌었다.

아이들의 일기

어제도 느꼈지만 참파삭은 조용한 곳이다. 사람들도 별로 없고 차도 많이 없다. 심지어는 날씨도 좋고 하늘도 너무너무 예뻤다. 자전거를 타고 한참을 가다가 목적지인 사원에 도착해 둘러보았다. 그런데 그 사원에서 가장 중요한 곳을 보려면 엄청나게 가파르고 긴 계단을 올라가야 했다. 처음에는 계단을 보고 '헉~!' 했는데 위로 올라가면 시원한 음료수를 판다고 하기에 뒤도 안 돌아보고 올라갔다. 올라가서 물을 사 먹고 쉬고 있는데 삼촌이 미션을 주셨다. 사원 벽에 그려져 있는 '춤추는 여신' 찾기. 그런데 아무리 찾아도 내 눈에는 춤추는 여신이 보이지 않았다. 우스갯소리로 옆에 있는 정호 오빠한테 춤을 추라고 한 후 사진 찍어서 보여주자고 유진이 언니한테 이야기하니까, 좋은 생각이라면서 춤추는 정호 오빠를 찍었다. 삼촌께 우리는 '춤추는 남신'을 찾았다고 하며 정호 오빠의 사진을 보여주니 삼촌이 웃으시면서 진짜로 춤추는 여신 벽화를 보여주셨는데, 정말 진이 다 빠졌다. 들어가는 문 바로 위쪽에 그려져 있었기 때문이다.

- 양나운

길이 예뻤다. 자전거 타기에 딱 좋은 길에다 길옆의 풍경도 예쁘고 바람도 좋았다. 목적지를 잊고 그냥 자전거를 타는 것 같았다. 점심을 먹고 집에 전화를 했다. 20년 인생에 처음으로 아부지의

'보고 싶다'는 말씀을 들었다. 히히. 그러게 가기 전에 잘해달라고 그렇게 말했는디. 히히.

숙소에 들어와서 쉬다가 삼촌, 이모랑 스파에 갔다. 새로운 경험! 들어갔더니 타월과 가운을 주면서 씻으라고 해서 얼떨떨했다. 사실 방콕 길거리에서 봤던 그런 발 마사지인 줄 알았다. 거기엔 가운 입고 마사지 받는 사람은 없었는데. 아무튼 조금 기다리니 마사지사가 와서 발을 정성스럽게(!) 씻겨주셨다. 황송했다. 그러고 마사지를 받았는데, 처음이라 이게 시원한 건지 어떤 건지는 몰랐지만 뭔가 좋았다. 몸이 편안해지고 풀어지는 느낌. 강변에서 바나나랑 차까지 먹고 나니 기분이 완전히 좋아졌다.

- 김하영

"삶이 단순해져서 좋아요!"

썽태우와 배를 타고 시판돈까지

참파삭에서 배를 타고 나왔다. 나루터에서 간단하게 점심을 먹고 이번에는 썽태우를 잡아탔다. 시판돈Si Phan Don에 있는 작은 섬 돈콘까지가 오늘 우리의 여정이었다. '시'가 4고 '판'이 천이고 '돈'이 섬이니 시판돈은 '4천 섬'이라는 말인데, 메콩 강 위에 4천여 개의 섬들이 흩뿌려져 있다 해서 지어진 이름이다. 우리가 탄 썽태우는 말만 버스지 군용 트럭처럼 양옆으로 길게 앉는 자리가 마련되어 있을 뿐이어서, 그걸 타고 세 시간 동안 이동하기는 쉽지 않았다. 천막 사이로 바람이 불어닥치고 자리는 비좁고 딱딱해서 엉덩이는 아픈데 엔진 소리로 귀까지 멍했다. 그런데도 아이들은 그 상황을 뚫고 게임을 하며 놀았다. 아이들은 놀기 위해 이 세상에 온 존재임이 분명하다. 그 외에 어떤 방법으로도 지금 그들의 모습을 설명할 길이 없다.

우리는 시판돈의 초입에 해당하는 강변 마을 나까상Nakasang에 도착해 다시 배를 탔다. 작지만 길고 날렵하게 생긴 배는 우리 일행을 7~8명씩 나누어 태우고 힘차게 강물을 갈랐다. 강물이 대지를 향해 기우는 태양 빛과 어울려 예쁘고 싱싱했다. 태양 빛을 먹은 강물이 우리 배가 만들어낸 파도를 넘실넘실 넘을 때마다 작은 별 몇 개가 물 위로 튀어올라 대기 속으로 사라졌다. 제자리를 잃고 머리 위까지 올라섰던 내 마음이 심장 아래 자기 자리로 회귀하는 느낌이었다. 그때 한 아이의 낮은 목소리가 들려왔다.

"아아, 좋다."

좋을 때면 '진짜' '대박' 같은 센 단어들을 동원해 소리 지르는 것만 알 것 같던 아이가 들릴 듯 말 듯 낮고 수줍은 말 두 마디를 강물에 툭 풀어놓은 것이다. 아, 좋다, 좋다……. 그 아이의 마음이 내게로 건너와 내 마음속에서 작은 파문이 되어 번졌다.

그 앞에 앉은 도솔이는 여행 초기에는 탁해서 더러워 보인다던 강물에 스스럼없이 손을 넣어 물살을 낚고 있었다. 그 너머에서는 또 다른 아이들이 전날 우리가 참파삭 유적지에 다녀올 때에 자전거를 타고 황톳길을 달리던 그 기분이 얼마나 좋았는지 새삼 이야기하는 중이었다. 차를 타고 갔더라면 그만큼 멋지지

않았을 거라는 말들이 들려왔다.

점심때에는 나루터 식당에서 밥을 먹었는데 현지인처럼 능청스럽게 앉아 한 손으로 밥을 조몰락조몰락 뭉쳐 먹는 그 모습이 그렇게 자연스러워 보일 수가 없었다. 어느 사이에 아이들이 이처럼 거칠어졌다. 저들 안에 저렇게 원색적인 면이 있었나 싶을 정도다. 야생의 느낌이 든다고 해야 할까. 스스로를 통제하는 어떤 경계도 없이 바다를 향해 도도하게 흘러가는 열대의 강물처럼.

돈콘 섬에 도착했다. 아이들은 자동적으로 숙소를 찾아 흩어졌다. 그동안 아낀 돈으로 근사한 호텔을 잡겠다던 희경이네 모둠은 뜻한 바를 이루었다. 다른 모둠의 것보다 두 배나 비싸지만 '온수도 콸콸, 에어컨도 빵빵'한 호텔에 들어가 부러움을 샀다. 저녁에는 모두가 한자리에 모였다. 강 근처의 멋진 레스토랑이었다. 그곳에서 보는 돈콘 섬은 작고 예뻤다. 그리고 고요했다. 강물 소리가 바람을 타고 나무와 숲과 마을의 길과 집 들을 모두 돌고 나서 이방인의 가슴까지 흘러들었다. 마을 크기에 비해 여행자의 수가 적은 것이 아닌데도 섬마을은 전혀 시끄럽거나 들떠 있지 않았다. 아니, 사실은 우리가 시끄러웠다. 아이들은 끊임없이 재잘거렸지만 마을도 레스토랑도 고요하고 은은했다. 이상한 일이었다. 아이들이 재잘거리는 소리가 강물을 따라 졸졸 흐르다가 스스로도 강물 소리가 되는 탓인지도 몰랐다.

그날은 저녁놀이 압권이었다. 강물 아래로 해가 빠져드는 광경은 비현실적으로 아름다웠다. 파랗고 붉고 노란 기운이 야자수와 강물과 그 강물을 저어가는 배와 레스토랑 처마 아래의 외등에 차례대로 내려앉았다가 사라졌다. 우리는 저녁놀의 풍경 안으로부터 불어오는 바람을 느끼며 주문한 식사를 기다리고 있었다. 그때 한 아이가 문득 집으로 돌아갈 날이 얼마 남지 않았다는 사실을 상기시켰다. 아이들은 기다렸다는 듯이 하나둘 자신의 심경을 털어놓았다.

"삶이 단순해서 좋았는데, 집에 돌아가면 다시 머리가 복잡해질 것 같아."

중학교 3학년인 도솔이였다. 삶이 단순해서 좋았는데 돌아가면 복잡해질 것 같단다. 도대체 겨우 열여섯 살인 이 아이의 삶이 왜 이렇게 복잡해야 하는 걸까? 내 마음도 다시 복잡해지기 시작했다. 열네 살 수경이가 자신의 이야기도 얹어놓았다.

"여기서는 걱정거리가 없어서 좋아요."

또 다른 아이가 그 말에 동의한다.

"여기 사람들은 걱정이 없는 것 같아요. 욕심도 없고요. 그래서 나도 걱정이 없어 좋았는데……."

역시 열네 살 서희다. 거기까지 말하고 갑자기 우울해진 아이는 말을 더 잇지 못했다. 내 가슴도 먹먹해지고 말았다. 우리는 이 아이들에게 무슨 짓을 하고 있는 걸까? 우리는 이 작은 어깨에 무슨 걱정들을 그리 많이 짐 지운 걸까? 그 순간 몇 아이들이 동시에 한숨처럼 작은 소리로 웅얼거리는 걸, 나는 들어버렸다.

"돌아가기 싫다. 진짜."

돌아가기 싫단다, 아이들이. 돌아가면 고등학생이 된다고, 학원을 다녀야 한다고, 방학 숙제가 폭풍처럼 남아 있다고. 아이들은 가족이 살고 있는 고국임에도 그곳으로 돌아가고 싶지 않다고 말하고 있었다. 문장 그대로의 뜻이 아니라는 것은 잘 알고 있지만 가슴이 아파왔다. 고작 열대여섯 살 먹은 아이들이 엄마 아빠가 살고 있는 집으로 돌아가기 싫다고 말하는 나라가 세상에 또 있을까?

그날 밤 나는, 삶이 다시 복잡해질 것 같아서, 걱정이 많아질 것 같아서, 단순해서 좋은 지금의 행복을 놓치고 싶지 않아서 집에 돌아가기 싫다는 아이들의 삶의 무게로, 그 고요하고 평화로운 섬에서의 밤을 참으로 무겁게 보내야 했다. 미래를 준비하는 것만큼 '지금 이 순간 아이들이 행복할 수 있는 것도 중요할 텐데' 하는 생각. 아니 열네 살인 그들의 삶이 지금 행복할 수 없다면, 열여섯 살인 그들이 하고 싶은 것을 지금 할 수 없다면, 수능시험을 치고 대학생이 되면 과연 그때에는 자기가 하고 싶은 것들을 하며 행복해질 수 있을까? 대학에서 또 공부를 하고 스펙을 쌓고 취직 시험에 합격하고 결혼해서 내 집으로 아파트 한 채를 마련하고 나면, 그때는 과연 내가 좋아하는 일을 하며 행복해질 수 있을 거라고 누가 자신 있게 말할 수 있을까?

우리는 중학생이나 고등학생 때 하고 싶었던 것들을 대입 시험 이후로 미루었다가 막상 대학생이 되어 하고자 하면 유치하고 재미없을 뿐 아니라 대학생이 된 지금 절실한 것이 새롭게 생겨난다는 것을 경험을 통해 알고 있다. 하지만 대학생 때 절실한

그것들은 또다시 취직 시험과 알 수 없는 미래를 위해 유예해두어야 하는 것이 오늘날 청춘들의 슬픈 자화상이다. 교육학자들은 인간은 발달 단계마다 욕망하는 바가 다르고 그 욕망을 그때그때 자기만족감으로 채워냄으로써 성숙한 인간으로 성장할 수 있다고 말한다. 만약 그렇지 못하면 건강한 인간으로 살아가는데 문제가 생긴다는 것이다. 이를 내 방식대로 이해하자면 사람은 나이마다 하고 싶은 것이 각기 다른데 미래를 위해 그것을 유예하고 또 유예하는 사이에 내부로부터 욕구 불만이 쌓여 불행의 씨앗을 키우게 된다는 말이다. 결국 미루고 눌러온 욕망을 더 이상 억압할 수 없게 되었을 때 우린 비로소 지나온 길을 돌아보는 것이다. 그러고는 길을 잃는다. 내가 그랬다. 서른다섯의 나이에, 한 사람의 인생에서 가장 생산성이 높아야 할 그 나이에, 도무지 현실을 살아갈 수가 없어 길을 잃고 세상과 세상 밖 그 사이 어디쯤에서 부유하고 방황했다. 그 방황의 끝에서 발견한 것이 '오늘을 살자'는 깨달음이었다. 미래의 행복이란 것도 오늘의 행복에다 또 다른 오늘의 행복을 쌓아가는 것이라는 그 평범한 진실을 절반의 인생을 지나고 나서야 알게 된 것이다.

그날 밤, 오랜만에 조장 모임을 가졌다. 열여덟 살짜리 두 명과 스무 살짜리 두 명. 내가 생맥주 한 잔씩을 샀다. 그들은 동생들이 진짜 돌아가기 싫어한다고 '증언'했다. 그들 역시 돌아갈 날이

가까워 오는 것이 불안하긴 마찬가지인 듯 보였다.

"돌아가면 이제 고3이에요."

희경이와 윤미의 이야기였다. 대한민국의 고3. 무슨 설명이 더 필요할까. 자신의 삶을 아이들답게 싱싱한 기쁨으로 누리기에 그들 어깨에 놓인 짐이 너무 커 보이는 밤이었다. 궁금하다. 아이들이 지금 이 순간 자신이 좋아하는 것을 하고 행복하게 지내는 것이 동시에 미래를 위한 준비가 될 수는 없는 걸까? 삶이 그렇게 단순해서는 안 되는 걸까? 여행을 떠나온 지 20일째가 되던 그날, 대한민국의 아이들은 열대의 섬 한가운데에서 여행의 현실과 한국에 두고 온 또 다른 현실 모두를 함께 인식하고 있었다.

아이들의 일기

배를 타고 가는데 강 주변 풍경이 너무 예뻤다. 뭐라고 해야 되지? 어렸을 때 보던 동화책에 나오는 풍경 같았다. 강물도 깨끗해서 계속 손을 담그면서 갔다. 사진도 많이 남겼다. 라오스에서 기억에 남는 두 곳을 뽑는다면 루앙프라방이랑 돈콘. 루앙프라방은 야시장이 크고 돈콘은 예뻐서. 여행이 얼마 남지 않았으니 이제 웬만하면 다 같이 다니면 좋겠다.

- 김도솔

오늘은 돈콘으로 가는 날이다. 가는 길이 정말 예뻤다. 만화나 TV에서만 보던 파아란 메콩 강물, 야자수, 하늘, 조그만 배, 물놀이 하는 아이들. 운이 좋으면 돈콘으로 가는 길에 돌고래를 볼 수 있다고 지나가는 소리로 들은 기억이 있어 계속 물의 흐름을 주의 깊게 보았지만 끝끝내 돌고래는 만나지 못했다. 그렇지만 정말 아름다운 광경을 보았기 때문에 아쉽지는 않다.

- 양나운

이제 여행이 거의 막바지에 들어섰다. 정말 아쉽다. 정말 시간만 더 있다면 더 있고 싶다.

- 박정호

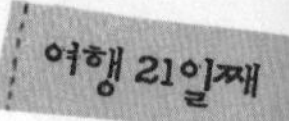

"삼촌, 사금 캐 가도 돼요?"

자전거로 돈콘 섬 한 바퀴 돌기

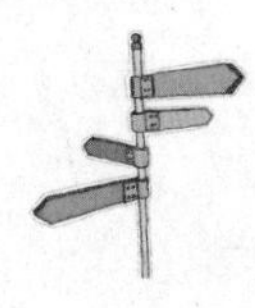

"아악!"

"엄마야!"

"꺄악!"

자갈길에서 터져나오는 비명소리가 경쾌하다. 우리는 자전거를 타고 좁고 구불거리는 오솔길을 따라 열대 원시림 한가운데를 달리고 있었다. 그러다 짧은 나무다리라도 나오면 아이들의 비명은 한 옥타브 더 높아졌다. 그만큼 열대 원시림의 길은 상쾌하고 스릴이 넘쳤다.

이날은 자전거를 타고 섬을 한 바퀴 돌아보는 날이었다. 네 시간 정도 예상되는 길. 수경, 도솔, 유진, 희경이는 몸 상태가 안 좋

아 빠지고 나머지 열한 명이서 이른 아침 윤미네 게스트하우스에 모였다. 처음에는 강을 따라 숲길이 이어졌는데 드문드문 마을이 두세 번 나타났다 사라졌다. 마을을 지날 때마다 동네 꼬마들이 놀고, 물소가 쉬고, 여행자의 타는 목을 축일 수 있을 조그만 가게가 나타났다. 섬 내륙으로 파고들면서부터 폭이 급격히 좁아지는 험한 자갈길이 등장했고 그때부터 아이들이 비명을 질러대기 시작한 것이었다.

시골이어서 길이 울퉁불퉁한 돌길이었다. 자전거를 타는 내내 엉덩이가 아팠지만 아스팔트나 시멘트 길과는 다른 느낌이어서 또 다른 재미를 느낄 수 있었다.

— 양나운

지난 두 번의 자전거 여행마다 사고가 나서 이번에도 걱정이 되었으나, 아이들은 그 두 번의 사고 때문에 오히려 라오스에서 자전거 타는 법을 익혀가는 듯했다. 아이들은 무인도를 탐험하듯 열대 원시림의 소로를 내달렸다.

두 시간쯤 달려 도착한 곳은 반항콘Ban Hang Khon이라는 마을이었다. 그곳에 옛 프랑스 식민지 시절 섬을 가로지르던 철길의 종착역이 있었다. 철로의 흔적은 강물과 만나기 직전까지 희미하게 남아 있었다. 우리는 자전거를 세우고 옛 철도역이 서 있었을 난간 위에 섰다. 난간 아래로, 말 그대로 눈이 부시도록 멋진 풍경이 펼쳐졌다. 호수처럼 넓고 큰 강물 위로 푸른 햇살이 부서져 금모래를 뿌려놓은 것처럼 반짝거렸다. 그 가장자리에서 작은 배 한 척이 흘러들었다. 아이들은 이제 탄성을 질렀다. 하영이와 윤미의 목소리가 유난히 컸다.

"이모! 강이 바다처럼 예뻐요!"

"누가 그림을 그려 붙여놓은 것 같아요!"

아이들은 섬과 강과 햇살의 아름다움을 그렇게 표현했다. 하지만 나는 그 아름다운 풍경 속으로 들어가버릴 듯 폴짝폴짝 뛰는 아이들의 예쁜 모습을 말로 표현할 방법이 없었다. 이날 나의 일기는 아이들의 탄성 소리가 영화 속 효과음처럼 경쾌했다고 적고 있다. 그만큼 아이들은 자연의 아름다움에도 적극적으로 반응하고 있었다.

윤미와 서희와 나운이 등 몇몇 아이들이 강가로 내려섰다. 강물에 손을 담그고 모래를 만지작거리다가 급히 나를 부른다.

"삼촌! 삼촌! 여기 진짜 금이 있어요!"

그랬다. 강물 위에서 반짝이던 금빛의 정체는 진짜 금이었다.

모래를 손바닥에 쥐고 물속에서 살랑살랑 움직여주면 금빛이 선명했다. 사금이었다.

"삼촌, 이거 캐 가도 돼요?"

"어떻게?"

"음, 힘들겠다, 히히."

"손바닥에 두고 흔들어봐. 이렇게."

"이렇게요?"

"그렇지! 자, 잘 봐. 손에 묻었다!"

"어? 진짜!"

"예쁘지?"

"네! 그래도 물속에 있는 게 더 예뻐요."

사금은 그렇게 강물 속에 남고 우리는 다시 자전거를 탄다. 다음 목적지는 리피Liphi 폭포. 섬에 단 하나뿐인 자동차인 여행자용 트럭이 들어오는 길이라서 그런지 비포장이긴 해도 꽤 넓었다. 우리는 뜨거운 햇살 아래 피부를 태우며 신나게 달렸다. 한 시간쯤 지났을까. 폭포 소리가 들렸다. 폭포는 웅장했다. 지난여름에 왔을 때에는 흙탕물이었는데 건기인 지금은 아주 맑았다. 하지만 너무 웅장해서 차라리 절박하게 느껴지던 폭포수 소리만큼은 그대로였다. 폭포수와 함께 라오스에서의 마지막 날이 흘러가고 있었다. 나는 폭포 가까이로 내려갔다.

"삼촌, 거기 내려가도 돼요?"

"조심해서 내려와!"

쿠르르르. 눈앞에 보이는 폭포 속으로 빠져들 것 같았다. 폭포 소리가 더 크게 들렸다. 아이들이 말하는 소리가 잘 들리지 않을 만큼 우렁찼다.

"삼촌, 여기 진짜 좋아요!"

"뭐라고?"

"진짜 좋다고요!"

"폭포가?"

"그게 아니고요!"

"그럼 섬이?"

"아니, 라오스가 좋아요! 여행도요!"

나도 라오스가 좋았다. 여행도. 그런데 오늘이 라오스에서의 마지막 날이었다. 내일 아침이면 우리는 스무 시간 동안 버스를 탈 것이고 그 다음 날 새벽이면 태국 방콕의 어느 거리에 서 있을 것이었다. 그러니까 내일이면 차도 적고 소음도 적고 사는 것도 단순한 이곳 라오스에서의 짧았던 삶과 여행은 과거형이 되는 것이다.

시내의 여행자 거리로 돌아온 후 아이들은 라오스에서의 마지막 시간을 보냈다. 라오스 음식을 먹고 기념품을 사고 남은 라오스 화폐를 쓰느라 군것질 거리를 사 모았다. 아이들은 남자와 여자로 나뉘어 파티를 열기로 한 모양이었다. 사실 이것은 비엔티안에서부터 발령한 12시 이후 야간 활동 금지 조항에 해당하지만, 아내와 나는 모른 체하고 슬쩍 빠져주기로 했다. 라오스에서의 마지막 밤을 그들 나름대로 정리할 수 있기를 바라는 마음에서다. 또 큰 사고 없이 여기까지 와준 것만으로도 많이 고마웠기 때문이다. 지금처럼 자연의 아름다움을 느끼고 여행에 몰입하고 현재의 시간을 맘껏 즐기는 것만으로도 충분하다고 생각했기 때문이다. 더 이상은 나의 욕심이란 걸 나 역시 배웠기 때문이다.

ⓒ김하영

아이들의 일기

첫 번째로 도착한 곳은 진짜 예쁜 강이었다. 모래에는 금 같은 게 반짝거려서 너무 아름다웠고 예뻤다! 바닷속에 금 같은 게 반짝거려서 뭐냐고 물어봤더니, 진짜 '금'이라는 것이다! 1톤짜리 트럭을 몰고 와서 담아가고 싶었다. 사진도 찍으며 조금 쉬다가 다시 출발해서 도착한 곳은 폭포였다. 폭포를 감상하고 난 뒤 다시 숙소를 향해 가는데 자전거 시합도 하면서 진짜 재밌게 달렸다. 살이 좀 타긴 했지만 말이다. 어느새 나는 자전거의 무서움을 극복하고 있었다. 뿌듯했다.

\- 남서희

난 '왓푸'라는 유적지에 갔을 때 삼촌에게서 질주 본능이라는 별명과 정찰대라는 직위를 얻었다. 1등으로 가시는 삼촌보다 약 50미터를 앞서 갈 수 있는데, 미리 가보고 위험한 곳이 있는지, 갈림길이 있는지 알아보는 것이다. 난 이 역할이 너무 재미있고 맘에 들었다. 자전거 투어 중 부상자들이 많이 나와 다들 조금 싫어하는 것 같았지만 나는 솔직히 라오스 여행 중에 자전거 타는 게 제일 재밌었다.

\- 송승현

오늘 자전거 여행은 정말정말 괜찮았다. 다친 사람도, 힘든 일도 없었다. 길옆으로 보이는 경치와 나무, 햇살, 아이들의 웃음이 정말 예뻤다. 이제 주저하지 않고 '사바이디'를 건넬 수 있다!

아이들과 상훈이가 오늘이 '라오스에서의 마지막 밤'이라는 걸 상기시켜주었다. 아쉽다. 아직 방콕에서의 며칠이 남아 있지만, 다들 향수병에 걸려 있다. 그런데 나는 집에 가고 싶지 않다. 엄마 아빠도 안 보고 싶다. 라오스에서 숙소 잡아 자는 것도, 손빨래 하는 것도, 라오스의 볶음밥도 다 익숙해졌다. 오늘 폭포에 갔다 와서 숙소에 누워 있는데 이런저런 생각이 다 들었다.

- 김하영

여기는 방콕, 날아다니는 아이들

다시 방콕에서 여행하기

다시 방콕이다. 아이들은 이제 날아다닌다. 마치 자기들이 태어나고 자라난 고향으로 돌아온 것처럼. 세상일이란 그것이 무엇이든 한번 낯을 익혔다는 이유만으로도 귀로의 편안함을 주는가보았다. 라오스의 그 시골 동네들을 20일 가까이 돌아다니다 보니 메트로폴리탄 방콕의 번화함에 몸과 마음이 설레고, 시골 라오스에서도 살아남았다는 생각에 한편으로는 이 도시가 만만해 보이는 모양이었다. 아이들은 야간 버스를 타고 도착한 그날 아침부터 밤낮없이 방콕을 헤집고 다녔다.

두 번째 방콕의 첫날. 우리는 라오스 돈콘에서 태국의 카오산 로드에 도착하기까지 자그마치 스무 시간을 달려왔다. 배와 버스를 탄 뒤 국경을 걸어서 넘고 다시 야간 버스로 밤을 달려 도착하는, 최고의 강행군이었다. 가만히 버스에 앉아서 스무 시간을 보낸 것도 아니고 버스를 갈아타기 위해 무거운 배낭을 싣고 내리고 걷기를 대여섯 번. 해본 사람은 알겠지만 그쯤이면 세상일이 다 귀찮고 그냥 침대에 쓰러지고 싶어진다. 그런 중에도 우리 부부는 아이들에게 미션을 줬다. 왕궁, 박물관, 미술관 셋 중에 두 곳 이상을 관람할 것. 그래도 불평하는 녀석은 없었다. 힘들어도 돌아다니다보면 좋고, 어려운 상황에 잘 적응하고 이겨나가는 스스로를 발견하는 것도 기분 좋은 일이라는 것을 이제 그들은 알게 모르게 느껴가는 중이었다.

우리 부부도 이틀 후의 수상시장 투어와 '마지막 만찬'을 예약한 후 왕궁으로 갔다. 방콕에는 여러 번 왔지만 왕궁에 들어가기는 17년 전 신혼여행 이후 처음이었다. 왕궁도 에메랄드 사원도 별로 변한 것이 없어 보였다. 하긴, 수백 년의 세월을 이기며 한 자리를 지켜온 그들에게 겨우 17년이야. 굳이 달라진 것을 찾자면 깃발을 쫓아다니는 단체 관광객이 한국인에서 중국인으로 바뀌었다는 것 정도다. 왕궁에서 시장, 시장에서 다시 미술관으로 옮겨 다니는데 가는 곳마다 피부가 까맣고 노랗고 하얀 여행자들로 엄청나게 북적거렸다. 한적하고 조용하던 라오스에서 갓

LP

도착한 우리로서는 현기증이 날 지경이었다. 그날 하루 아이들은 어땠을까?

첫 번째 모둠의 이야기다. 희경, 성호, 유진, 영준이 넷인데 오늘 하루 이들에게 무슨 일이 있었을까?

여행 첫날 방콕에서 먹은 일본 라면집이 있었는데 그 맛을 잊지 못해 다시 찾았다. 여행 첫날의 기억들이 떠오른다. 낯선 나라에 와서 길을 헤매고 고생했지만 막바지에 이르니 눈 감고도 갈 수 있을 정도로 적응이 됐다.

- 박성호

우리 조는 왕궁 그리고 국립미술관을 가기로 했는데 시간이 일러서 문을 안 열었지 뭐야. 그래서 시간도 때울 겸 카페를 찾고 있었는데 고양이가 정말 예쁜 눈으로 우릴 보기에 유진이와 나도 고양이를 보고 있었어. 악!!! 그런데 정말 이런 일 처음 겪어봤지. 하늘에서 비둘기가 똥을 쌌는데 그게 고양이가 있던 벽으로 떨어져서 나한테 다 튄 거야. 쇼크, 패닉. 아무런 말도 비명도 나오지 않았어. 나중에는 덥고 짜증나고 내가 왜 이런 꼴로 있나 서글퍼서 눈물이 나오더라니까.

- 신희경

세상에. 고양이를 보고 있다가 새똥에 맞을 확률은 얼마나 될까? 그것도 둘이서 동시에. 아무튼 이 모둠은 사건도 많고 사연(?)도 많다. 사건이 많은 것은 넷 다 틀에 갇히길 싫어하고 호기심도 왕성해서 그렇고 사연이 많은 것은 사람을 좋아해서다. 그래도 제일 누나라고 그 상황에서 짜증을 참고 끝까지 함께 다닌 희경이와 유진이가 고맙다. 유난히 숫자나 인과관계에 탐구적인 데가 있는 성호는 첫 번째 방콕에서 만난 라면집을 찾아가고 싶었나보다.

두 번째 모둠에는 윤미, 정호, 승현, 나운이 넷이 모여 있다. 이들에게 벌어진 일들을 들여다보자.

방콕은 더운 곳이어서 실외보다는 실내가 나을 것 같다는 판단에 일단 미술관으로 향했다. 에어컨 바람을 쐬면서 미술작품들을 감상하는데 작품 몇몇 개가 'South Korea(대한민국)' 것이었다. 뿌듯하고 자랑스러웠다. 나와서 엄마랑 통화를 했다. 엄마는 늘 굉장히 반가운 하이 톤으로 반겨주었는데 이번에도 역시나 반가워했다. 엄마가 "몸은? 아프지 않아?"라고 물어서 "괜찮아, 나 여기 와서 더 살찐 것 같아"라고 했더니, 총 2분 정도 통화하는 동안 엄마가 1분은 웃었다.

- 양나운

미술관에 가서 구경하기로 결정했다. 돈이 너무 많이 든다고 윤미 누나가 자기 빼고는 다 어린이로 만들어본다고 했지만, 흣, 그게 가능할 리가 있나. 일단 나운이는 통과. 정호 형은 설령 진짜 초딩이더라도 어른 비용을 내야 할 분위기였고 나는 나운이와 친구라며 한 5분 정도 계속 싸우다가 들여보내졌다. 나는 나운이와 진짜 친구이긴 한데 기분이 영 찜찜했다.

- 송승현

초행길이 아니어서일까. 내가 다녔던 골목이란 게 더 반가웠다. 7시에 출발했는데, 미술관도 박물관도 9시에 열었다. 헤매던 중 한 대학교에 갔다. 도서관을 찾아다니니 한 대학생이 먼저 다가와 어디 가는지 무얼 하는지 물었다. 내가 한국 학생이라고 하니 그러냐면서 묻지 않은 것까지 알려주었다. 별건 아니어도 알려주며 뿌듯해하는 것 같았다. 9시가 가까워지자 미술관으로 갔다. 태국 미술에 관해 알지도 못하고, 처음 접한 터라 더 꼼꼼히 보고 또 여러 아시아 국가들이 모여 전시하는 그림들을 보느라 시간이 꽤 오래 걸렸다.

- 서윤미

이 모둠은 성실하고 부지런하다. 윤미와 나운이가 그렇고, 정호와 승현이는 중학생을 뛰어넘는 덩치를 가진 데다 체력도 최고다. 그래서 많이 돌아다니고 주어지는 미션도 가장 잘 수행하는 편이었다. 그런데 중학교 2학년인 나운이와 승현이를 '초딩'으로 우겨 공짜로 입장하는 배짱 혹은 생활력(?)까지 갖춘 것은 의외다.

이제 마지막 모둠이다. 일명 '김똥불사조'의 상훈, 하영, 도솔, 서희, 수경 다섯 명이다.

여행 초반에 방콕 여행 1탄을 하고 이번에는 2탄이다! 우리 조는 첫 번째로 왕궁을 가기로 했는데 너무 일찍 가서 근처 카페에서 좀 쉬기로 했다. 속이 너무 불편해서 카페 직원한테 화장실이 어디 있냐고 물었더니 단호하게 화장실이 없다길래 좀 당황했다! 카페에서 똥 얘기로 웃음꽃을 피우다가 우리 조 이름을 '김똥불사조'로 정했다. 우리 조는 김 씨가 많고 똥 얘기도 많이 하고 거의 다치지도 않아서 이렇게 이름을 정했다. 왕궁에 들어가자 무척 크고 사람들도 많았다. 그리고 너무 비싸다. 총 입장료를 합하면 천 바트(우리 돈으로 약 3만 5천 원)는 될 것이다!

- 남서희

정말, 리얼 사람이 너무 많았다. 왕궁 박물관에 들어갔는데 관광객이 너무 많고 시끄러워서 제대로 감상할 수 없어 짜증이 났다. 에메랄드 사원에서 여러 가지 사원을 본 후 수상 버스를 타고 숙소에 도착했다. 한인 음식점에 가서 라면을 먹고 나와 국립박물관에 갔다. 30분밖에 보지 못하고 나왔지만 태국의 시내버스를 타고 숙소에 도착했다. 우리 조를 태국 어딘가에 떨어뜨려놔도 절대 죽진 않을 것이다.

- 신수경

오늘 방콕 여행에서 중요했던 것은 게스트하우스도 왕궁도 국립박물관도 아니다. 바로 '수상 버스'와 '로컬 버스'다. 23일째 여행을 하면서 겁이 많이 없어지긴 없어졌나보다. 이제는 삼촌, 이모가 교통수단을 알아봐주지 않더라도 우리끼리 지도를 보고 사람들에게 물어보며 수상 버스도 타고 아슬아슬 시내버스도 탄다. 왕궁을 보고 나와서 걷기가 귀찮아 배를 타기로 하고 무작정 근처 항구로 갔다. 다행히 여러 친절하신 분들의 대답에 힘입어 무사히 배에 올라탔다. 로컬 버스는 오후에 박물관을 보고 나와서 탔는데, 수상 버스보다 스릴이 더했다. 어디로 가는지, 언제 도착하는지, 어디에 내려야 하는지도 몰랐다. 일단 대충 지도를 보고서는 무작정 기다렸다. 정말 위험한 순간이었다. 하지만 하늘은 우리를 버리지 않으셨으니 우리가 탄 82번 버스는 카오산 로드에 정차했다. 심지어 요금도 안 냈다. 양심이 없는 게 아니라 돈을 걷는 아줌마도 없었고 요금통 역시 찾을 수가 없었다. 나중에 알고 보니 버스 세 대 중 한 대는 가난한 사람을 위해 공

짜로 운영한다고 한다. 우리가 운이 좋게(?) 걸린 것 같다. 우리나라 에도 이런 제도가 있으면 좋겠다.

-고상훈

서희는 일명 '경제인'이다. 유난히 돈을 아껴 쓰고 잘 모은다. 그래서 항상 용돈 잔여 금액이 가장 많다. 그렇다고 구두쇠는 아니다. 돈콘에서는 그렇게 모은 돈으로 아이들에게는 음료수를, 우리 부부와 대학생 커플에게는 라오 비어를 한 잔씩 쏘기도 했다. 수경이는 제주 말로 '요망져서(야무져서)' 자기 말대로 태국 어디에다 떨어뜨려놓아도 잘살 것 같다. 그런데 왕궁에서 다른 관광객들이 얼마나 시끄러웠으면 시끄럽기로는 둘째가라면 서러울 이 녀석들이 제대로 감상을 할 수 없다고 짜증을 다 냈을까. 못내 아쉬운 건 이 녀석들이 탄 시내버스가 카오산 로드가 아니라 차오프라야 강 너머 저 먼 곳으로 가버렸어야 했다는 거다. 그래야 평생 잊지 못할 추억 하나를 건지는 건데! 그나저나 이 녀석들이 난 들어보았을 뿐 한 번도 타보지 못한 공짜 공영버스를 순전히 타고난 '운'으로 타다니!

아이들이 알고 있는지 모르겠지만 이제 아이들의 생김새가 많이 달라져 있었다. 여행 와서 사 입은 옷도 그렇고 딱 건강해 보일 만큼 피부도 검게 그을렸다. 눈빛과 얼굴 표정에서는 자신감이라 해야 할까 해방감이라 해야 할까 야생 그대로의 느낌이 묻어났다. 지금 내 눈에 비치는 그들은 팔을 걷어붙이기만 하면 무슨 일이든 한번 붙어볼 만하다는 무한 긍정의 얼굴들이다. 아마도 벽촌 라오스를 한 바퀴 돌아 무사히 복귀했다는 성취감도 한몫했을 것이다. 하지만 우리 부부는 그래서 불안하기도 했다. 감당하기 힘들 만큼 아이들이 자신의 감정에 솔직하게 행동하기 때문이었다. 저러다 무슨 사고라도 날 것만 같았다. 이제 내일과 모레 이틀밖에 남지 않았다고 생각하니 마음이 더욱 조심스러워졌다. 건강하게 돌아갈 수 있기를 비는 마음으로 방콕에서의 첫날밤을 보냈다.

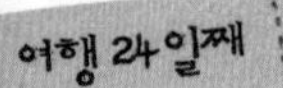

여행학교 혹은 연애학교

파타야 해변에서 수영하기

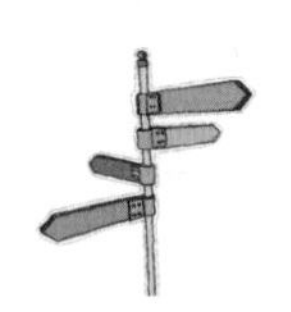

방콕에서의 둘째 날, 아침 일찍 게스트하우스를 나섰다. 해변 도시 파타야Pattaya에 다녀오기로 한 것이다. 그동안 내륙에서 강만 따라 다녔으니 바다도 보고 수영도 하고 싶었다. 파타야까지는 차로 세 시간, 서울에서 강릉까지의 거리다. 단지 바다에서 수영하고 싶어 하룻길로 강릉을 다녀오는 셈이니 서울 사람들은 어이가 없을지도 모르겠다. 제주에 사는 나로서는 5분이면 푸른 바다에 다다를 수 있으니 그럴 일이야 없겠지만. 어쨌든 이곳에서는 세 시간 거리라면 가뿐한 수준이다. 아이들도 당연하게 여기는 듯했다. 어디로든 이동하자면 적어도 대여섯 시간이고, 하루 온 종일 걸리거나 밤을 새우기도 일

쑤니까.

시간의 개념이란 아주 객관적일 것 같지만 사실은 이렇게 상대적이다. 특히 여행자의 시간은 더욱 그렇다. 일상을 벗어난 여행자의 시간은 지형과 기후, 혹은 문명에 의해 서로 다른 시침과 분침으로 돌아갈 뿐 아니라 시간 자체가 여행자의 취향과 주관에 의해 재단되고 존재하기 때문이다. 여행은 공간 이동만이 아닌 시간 이동도 포함하고 있는 셈이다. 긴 여행에서 돌아올 때마다 나는 낯설어진 일상의 시간 앞에 서서야 그동안 나 자신이 다른 시간의 흐름 속에서 지내다 왔다는 사실을 늦게나마 간파하고는 했다. 여행학교 아이들도 십대의 여느 겨울에 만난, 일상과는 다른 시간들의 경험을 오래 추억했으면 좋겠다. 그래서 훗날 그들 삶의 시간이 혹시 너무 팍팍하고 건조해서 견디기 힘들다고 느낄 때면 여행학교에서 경험한 다른 색깔의 시간을 기억하고 시침이든 분침이든 자신의 취향과 주관대로 다시 맞춰볼 수 있다면 좋을 것 같다.

바다는 생기가 넘쳤다. 식당도 많고 사람도 많고 해변은 길고 바다는 넓었다. 우리는 모래 해변에 대충 자리를 잡고 곧장 바다에 들어갔다. 수영은 성호와 정호 형제도 곧잘 하지만 역시 희경이와 수경이 자매를 비롯한 제주 아이들의 수영에는 남다른 데가 있었다. 놀라운 것은 수영복을 가져온 녀석이 한 놈도 없다는 점이다. 아내와 나를 제외하고는 반팔 티셔츠나 남방을 입고 반바지나 체육복 바지를 걷어 올린 채 수영을 했다. 여행을 떠나기 전 준비물로 수영복을 챙기라 공지했고, 꼭 가져가야 하냐고 문의가 들어올 때마다 바다에 갈 거라고 말해줬는데도 그랬다. 아이들이 바다에서 수영하고 노는 것을 덜 좋아해서가 절대 아니다. 수영복 챙기는 것을 잊은 것도 아니다. 또래들 앞에서 수영복 입기가 부끄러워서다. 수영복을 수영을 하기 위해서 입는 옷이 아니라 몸매를 자랑하기 위한 것쯤으로 생각하는 모양이었다. 아무튼 그날 파타야 바다에서 수영복을 입지 않은 건 우리 일행

뿐이었고 다른 나라에서 온 여행자들이 신기하게들 쳐다보았지만, 당연하게도 아이들은 아무런 거리낌 없이 신나게 놀았다.

샤워 후 식사를 하고 돌아오는 길. 해변을 따라 걸어가다 뒤를 돌아보았더니 저 뒤에서 정호와 도솔이가 서로 손을 잡고 걸어오고 있다. 내가 잘못 보았나? 두 녀석이 언제부터? 방콕에 돌아와서 하영이에게 물어보았다.

"하영아, 쟤들 언제부터 저래?"

"아유, 삼촌. 말도 마세요. 요즘 애들 장난이 아니에요."

"왜?"

"걔네들 둘만이 아니에요."

중학교 3학년 동갑내기인 정호와 도솔이만이 아니라고 했다. 막내인 영준이가 역시 동갑내기인 서희에게 어제 곰 인형을 사주면서 둘 사이 역시 급진전 중이라고 했다. 진즉에 내가 알아차린 희경이와 성호 연상연하 커플까지 합하면 세 커플이 이번 여행에서 엮였거나 엮이는 중인 셈이다. 이쯤 되면 이걸 여행학교라 해야 하나, 연애학교라 해야 하나? 부모님들이 여행하라고 보냈더니 연애만 하고 왔다고 뭐라 하실지도 모르겠다. 하지만 그래도 뭐 어떠랴. 여행이든 연애든 자신이 좋아하는 마음을 발견하고 그것의 소중함을 알아가는 것은 마찬가지 아닐까?

아이들의 일기

우린 걸어서 버스 타는 곳까지 갔다. 그런데 갑자기 내 절친 정호가 코피를 흘렸다. 들어보니 어젯밤에도 계속 흘려서 휴지를 다 썼다는데. 보기보다 약한 아이라니 이제 잘해줘야겠군. ㅋ.

– 김도솔

그 유명한 아름다운 태국의 해변 파타야에 도착했어. 도착하자마자 풍덩! 바다로 들어가 신나게 수영을 하고 놀았어. 나와 성호는 멀리까지 수영을 하고 돌아오기도 했어. 원래는 부표를 찍고 돌아오려고 했는데 물이 너무 깊어서 못 갔어. 아쉽다. 지금 생각하면 숨이 차더라도 한번 찍고 올 걸 그랬어. 아무튼 애들과 물도 튀기고 물도 많이 먹고 신나는 한때를 보냈어.

– 신희경

마지막 날의 여행 그리고 만찬

방콕에서의 마지막 날

여행의 마지막 날이었다. 새벽같이 수상시장으로 가는 미니 밴에 올라탔다. 어제는 물갈이를 하는지 방콕에 와서 과식을 한 탓인지 배탈 나고 설사하는 아이들이 유난히 많았다. 그래서 어제 일정이었던 파타야에서의 물놀이에 하영, 상훈, 유진, 윤미가 함께하지 못했다. 그런데 오늘은 나운이가 갑자기 다리가 아프단다. 아내가 병원에 함께 다녀오기로 하면서 또 두 명이 빠졌다. 여행이 막바지에 다다르자 아픈 아이들이 자꾸 생겨났다. 아내와 나도 그랬다. 잘 여행하다가도 돌아올 때쯤에는 이상하게도 아팠다. 피로가 쌓여서이기도 하겠지만 여행이 끝나면서 긴장도 풀리고 일상으로 돌아간다는 데서 오는 부담 같은 것 때문인 듯도 싶다. 나운이가 수상시장을 많이 보고 싶어 했는데 그것이 못내 아쉬웠다.

한 시간 남짓 걸려 도착한 수상시장은 그야말로 물 반에 고기 반, 아니 현지인 반에 여행자 반이었다. 그만큼 사람도 많고 물건도 많아 정신없이 복작거렸다. 며칠 전부터 수상시장 방문을 고대해왔던 아이들은 시장 초입에서부터 들뜬 목소리를 냈다.

"와아! 똑같다. TV에서 보던 거랑! 진짜 신기해서 꼭 와보고 싶었거든요!"

"뭐가 신기해?"

"저거! 배에서 과일도 팔고 생선도 팔고!"

여행이란 여행자 자신에게 없는 것들을 찾아가는 것인 모양이다. 아이들이 수상시장을 좋아하는 것도 배를 탄 채 물건을 팔고 사는, 우리에게는 없는 문화이기 때문일 것이다.

우리는 곧 모둠별로 헤어졌다. 나는 나운이가 빠진 윤미네 모둠과 함께 다니기로 했다. 여러 겹으로 얽힌 수로를 따라 열대과일과 해산물을 가득 실은 배들이 빽빽이 떠다녔다. 그 사이사이에 채소를 산더미처럼 쌓아놓은 배들이 끼어들었고, 가끔은 국수나 볶음밥을 싣고 다니면서 장사꾼들의 한 끼 식사를 해결해주는 배도 보였다. 수로 양쪽으로는 역시 열대과일과 해산물과 채소 등을 쌓아둔 가게와 다양한 색상의 옷과 장신구를 주렁주

렁 매달아놓은 상점들이 줄지어 서 있었다. 여행자들은 때로는 관광객용 배를 타고 때로는 다리를 넘나들면서 수상시장이 뿜어내는 들뜬 분위기 속으로 빠져들고 있었다. 전통 그대로의 수상시장은 아니었지만 그렇다고 관광객에게 보여주기 위한 인위적인 시장도 아니었다. 현지인들의 경제 활동과 관광객들의 문화가 어느 한쪽으로 치우치지 않고 묘한 균형감을 이루어 삶의 공간과 관광의 공간이 공존하는 형국이었다.

우리는 시장 끝머리에서 돌아서지 않고 수로를 따라 좀더 걸었다. 길은 딱 한 사람만 지나갈 수 있을 정도의 소로였다. 길모퉁이를 만나 두 번을 더 꺾어 돌았더니 갑자기 수상시장 풍경이 사라지고 수로 양쪽으로 가정집들이 나타났다. 예쁜 화분들이 가꾸어져 있고 빨래가 바람에 날렸다. 집 안에서는 팬 선풍기가 돌았고 TV에서는 이 나라 가수가 노래를 하고 있었다. 내 뒤를 따라오던 승현이는 이 평범한 풍경들이 오히려 신기한지 특유의 구렁이 어법으로 자신의 느낌을 표현했다.

"삼촌, 있잖아요. 진짜 신기하다는 생각이 드는 게요, 저기 시장하고 조금밖에 안 떨어졌는데도 완전히 다른 집들이잖아요. 화분도 있고 안에 사람도 살고 있고요. 신기하지 않아요?"

그래, 신기하다. 삶이란 흔히 눈에 보이고 잘 드러난 부분 뒤에 또 다른 얼굴을 가지고 있기 마련이다. 평소와 다른 얼굴이라 낯

กิมจู

설 것 같지만 때로는 더 친숙해서 오히려 신기한 것이 삶의 이면이다. 나의 경험상 여행에서는 이러한 삶의 이면과 마주하는 기회가 더 자주 생기는데, 이는 여행이란 것 자체가 삶의 이면이기 때문일지도 모르겠다. 아니면 삶이 여행의 이면이거나. 아무튼 나이가 들수록 삶에서든 여행길에서든 수상시장 그 너머 혹은 도시의 번화가 뒤편 같은 이면의 공간을 찾아가는 것이 나는 더 즐겁다.

그렇게 수상가옥이 있는 삶의 공간을 둘러본 후 다시 수상시장으로 돌아와서 열대과일을 샀다. 다른 모둠 아이들 역시 배를 타고 다니면서 사진도 찍고 과일도 사고 즐거운 시간을 보낸 모양이었다. 몇 명은 과일 말고도 손에 향, 인형, 티셔츠 등 여러 품목들을 들고 있다.

"삼촌! 저 스카프 샀어요. 할머니 드릴 거예요."

"색이 예쁘네. 구경은?"

"아! 배 탔거든요. 그런데 장사하는 분들이 여기저기서 작대기로 끌어당겨서 좀 짜증났어요. 뭐, 그래도 재밌었어요. 할머니가 스카프 좋아하시겠죠?"

뭔들 좋아하지 않으실까. 강아지 같은 손자 손녀들이 먼 여행을 무사히 다녀온 것만도 기특할 텐데, 그들이 사온 선물이라면 말해 뭣할까.

정말 마지막 밤이 왔다. 내일이면 인천국제공항으로 향하는 비행기에 오를 것이다. 아이들 말대로 아직은 언제까지고 여행을 할 수 있을 것 같은데 끝은 있었다. 25박 26일 여행의 마지막 밤이 바로 오늘이었다. 그 마지막 밤을 아이들과 의미 있게 보내고 싶어 아내와 나는 만찬을 준비해두었다. 처음에는 태국의 제대로 된 전통 음식점을 찾아보려고 했었다. 아이들이 이곳 음식에도 어느 정도 적응했고 또 그것이 여행의 의미도 더해줄 것 같았다. 그런데 전날 다른 일로 여행사에 들렀다가 그곳에 놓인 광고 리플릿을 보고 그만 마음을 바꾸었다.

방콕에서 제일 높은 빌딩 바이욕 스카이 호텔Baiyoke Sky Hotel. 그 스카이라운지에서 인터내셔널 푸드International Food!

호텔은 자그마치 88층이었는데, 리플릿은 그곳 72층 레스토랑에서의 식사를 소개하고 있었다. 사실 아내와 나는 어느 도시에 도착하면 꼭 하는 것이 두 가지 있다. 하나는 도시의 골목 이곳저곳을 목적 없이 걸어보는 것이고 다른 하나는 그 도시에서 가장 높은 곳에 올라가보는 일이다. 생각해보니 우리는 방콕에서 두 번째 것을 못했다. 더구나 메트로폴리탄 야경인데. 그리하여 여행학교의 마지막 만찬은 방콕에서 제일 높은 곳에서 갖기로 했다.

뷔페 음식은 깔끔하고 풍성했으며 크고 넓은 창밖으로 보이는 방콕의 야경은 아름다웠다. 아이들은 세 번에서 네 번, 혹은 여섯 번까지 먹고서야 가득 부른 배를 부여잡고 아이스크림 코너로 향했다. 식사 후에는 다 함께 83층 회전 전망대에 올라 방콕 하늘의 공기를 마셨다. 그때 누군가의 말이 들려왔다.

"정말 퍼펙트한 마무리야!"

상훈이였다. 도솔이는 화려한 마무리에 야경이 대박이라고 했다. 영준이는 한 달만 더 놀았으면 좋겠다고 했다. 성호는 여행이 끝나는 것이 슬프다 했고 유진이는 "저 지금 많이 행복해요!"라고 말했다. 수경이와 승현이는 '삼촌과 이모'에게 감사하다고 표현했다. 그렇게 아이들은 저마다 한마디씩 방콕의 밤하늘에 풀어놓았다. 나도 한마디 했다. 마음속으로.

'큰 사고 없이 여기까지 와줘서 고맙다. 모두!'

시내버스를 타고 방콕의 밤거리를 달려 숙소로 돌아오는 길. 아이들의 표정이 조금 복잡해 보였다. 이제 그들도 일상으로의 복귀를 생각하는 모양이었다.

말로만 듣던 수상시장에 갔다. 내가 상상한 그림의 시장이었다. 정말 재밌었다. 배 위에서 파는 만두와 스프링롤도 먹고 바나나도 사 먹었다. 기념품도 왕창 사고 배도 탔다. 수상시장에 갔다 와서 쇼핑을 즐겼다. 마지막으로 돈을 쓰는 거라 왠지 마음이 급했다. 마지막 하이라이트! 바이욕 스카이 호텔에서 음식을 먹었는데 눈물이 나왔다. 조금 밖에 먹질 못해서. 세 그릇? 헤헤.

여행도 끝나고 내일 한국으로 돌아가는데 진짜로 아쉽고 슬프다. 아, 한 달 더 있으면 안 되나?

- 박성호

오늘은 방콕에서의 마지막 날이다. 라오스 여행을 시작한 지 일주일도 안 지난 것 같은데 벌써 끝이라니.

우리는 호텔의 72층에서 밥을 먹었다. 정말 기대 이상이었다. 야경도 멋있었다. 그 야경을 보면서 이번 여행은 정말 잘 왔다고 생각했다. 환상적이었다.

- 박정호

정말, 마지막이다. 사고도 많이 벌어지고 신나고 황당한 경험도 많이 했던 1월, 내가 이 세상을 떠날 때까지도 잊지 못할 것

같은 2011년 1월이 어느새 다 갔다. 오늘 문득, 다시 반달이 되면 집에 갈 거라는 수경이 말이 생각나 카오산의 밤하늘을 바라보니 어느새 달의 반절이 뚝 떨어져나가 있었다. 인천 공항에서 여권 이름과 티켓 이름이 달라서 낙오될 뻔했던 때가 어느새 24일 전이다. 이제는 낙오되더라도 쫄지 않고 목적지를 잘 찾아갈 수 있지만 그 당시에는 굉장히 불안했다.

시간이 많이 지났다. 나 역시 성숙해지고, 무르익는 김치처럼 맛이 좋아지고 있다고 생각한다. 지금껏 해외여행을 세 번이나 했지만 여행사에서 마련해준 숙소, 음식, 관광 루트를 쫓아다니는 것이 전부였다. 하지만 이번 여행, 내 네 번째 여행은 하얀 종이 위에 내 마음대로 색을 칠하고 그림을 그리며 여행했다. 정말 후진 숙소에서 잠도 자보고, 다른 나라의 음식을 경험해보겠다고 팍치(고수)도 잔뜩 넣었다가 구역질도 해보고, 길을 잘못 들어서 1분 거리를 한 시간이나 헤매기도 하고. 편하게 패키지 여행을 했다면 겪을 수 없는 소중한 경험이다. 언젠가 이 일기장을 보면서 이날을 추억하면 내 얼굴엔 미소가 번질 것 같다. 내가 살아가면서 반달을 수백 번 보겠지만 오늘 반달은 너무도 아름답다. 내 생애 최고로.

- 고상훈

우리의 마지막 이야기

여행의 마무리, 을왕리에서의 밤

하루해가 저문 인천국제공항에 도착했다. 홍콩에서 비행기를 갈아탔을 때부터 주변에서 들려오기 시작한 한국말이 아이들은 낯설다고 했다. 입국 심사대를 빠져나와 배낭을 찾고 마침내 공항 로비로 들어섰을 때에야 돌아왔다는 사실이 비로소 실감나는 모양이었다. 하지만 우리 여행은 아직 끝나지 않았다. 을왕리에서의 하룻밤이 남아 있었다. 그곳에서 다 함께 여행을 마무리 짓기로 하고 민박집을 예약해두었던 것이다.

공항을 나서자 한겨울의 찬바람이 몰려들었다. 우리의 얇은 옷차림은 1월 말 대한민국의 겨울바람을 막아내기에는 터무니

없이 부족했다. 그런데도 춥지 않았고 오히려 좋았다. 우리는 돌아왔고, 모두가 다친 데 없이 건강했다. 무엇보다 섭씨 40도를 넘나드는 더운 여름을 한 달 동안 살고 온 우리에게 한겨울 칼바람의 극한 대비는, 아이들 표현처럼 심장이 쫀득쫀득해질 정도로 자극적이어서 상쾌하게 느껴졌다. 우리는 입을 모아 찬 대기 속으로 하얗게 입김을 불어넣었다. 버스 정류장의 밤하늘로 안개구름이 되어 퍼져나가는 입김을 보며 여행에서 돌아온 것을 기념하는 사진을 찍었다.

민박집 아주머니는 을왕리에서 30년 가까이 사는 동안 올해처럼 추운 겨울은 처음이라며 창고에서 이불을 더 꺼내주었다.

그리고 한 달 가까이 보관하고 있던 종이 박스를 내어주었다. 여행을 떠나던 날 공항에서 겨울 외투와 휴대전화, 짐 검사를 하며 빼낸 물건들을 택배로 이곳 민박집에다 미리 보내두었던 것이다. 아이들은 제일 먼저 휴대전화를 꺼내 집으로 전화를 하거나 문자를 보냈다. 부모님과 통화하는 들뜬 목소리를 들으며 우리 부부는 비로소 열세 명의 아이들을 데리고 무사히 돌아왔다는 것을 실감했다. 다시 찾은 겨울 외투를 입고 늦은 저녁을 먹기 위해 근처 삼겹살집으로 갔다. 라오스에서 한국 음식이 먹고 싶을 때마다 돌아가면 꼭 하자고 약속했던 삼겹살 파티다. 손님이 모두 돌아간 식당에는 우리가 딱 1~2인분씩 먹을 만큼의 고기만 남아 있다고 했다. 그러면서 식당 주인아주머니가 한마디를 덧붙였다.

"어디 멀리들 다녀오셨나봐요?"

"그래 보이세요?"

"오랫동안 나갔다 오신 분들 같아요. 그러면 애기들이 많이 먹어야 할 텐데 고기가 부족해서 어떡하나……."

"그러게요. 김치라도 좀 넉넉히 주세요."

아이들은 몇 년 만에 귀국한 이민자들처럼 삼겹살 한 조각 김치 한 쪽에 감동했다. 그 한 끼 식사에 행복하다는 말을 여러 번 했다. 그리고 내일부터 엄마 아빠에게 해달라거나 사달라고 할 음식 목록을 끝말잇기 놀이하듯 나열했다. 또 식당 TV에서 흘러 나오는 뉴스에도 연달아 감탄사를 보냈다. 한국인 앵커의 입을 통해 익숙한 언어로 전해지는 소식들이 그 자체로 재미있는 모양이었다. '대한민국의 2011년 1월이란 시간'이 자신들의 삶에서 통째로 떨어져나가 영원히 공백으로 남을 거란 사실이 그저 신기한 것이었다.

민박집으로 돌아온 우리는 '라오스에는 없고 한국에만 있는 것'과 '라오스에는 있는데 한국에는 없는 것'을 이야기해서 마지막까지 말할 수 있는 모둠이 이기는 게임을 했다. 또 방콕에서 사온 엽서에다 모두가 서로에게 하고 싶은 말을 적는 '롤링페이퍼'를 작성했다. 써야 할 카드도 많고 할 말도 많아 제법 오랜 시간이 걸렸는데도 아이들은 그 어느 때보다 집중했다.

스스로의 여행을 정리하는 마지막 글도 썼다. 그런 후에 촛불을 하나 켜고 한 명씩 자신이 쓴 글을 읽었다. 카메라로 촛불과 아이들을 따라가던 나는 한 달 가까운 여행의 시간 가운데 처음으로 눈시울을 적셨다. 아이들은 방콕 공항에 도착했던 그 첫날 밤을 기억하고 있었다. 무더운 공기와 혼을 빼놓을 것 같은 낯선 언어들, 그리고 알 수 없는 두려움까지. 아내와 나도 마찬가지였다. 이 여행을 무사히 잘 끝낼 수 있을까. 이번 여행이 아이들에게 어떤 의미로 남을까. 그런데 어느새 그 소중했던 한 달이 지나

가고 마지막 종착역에 서 있었다. 촛불 아래에서 아이들이 읽어 내려가는 소감문들. 무슨 말이 더 필요할까. 그동안 내가 읽었던 그 어떤 글들보다 감동적이었다.

다음 날 아침, 30년 만에 처음이라는 강추위가 만들어놓은 얼음 바다를 보았다. 낯선 얼음 바다는 잠시 우리 여행이 조금 더 지속될 것 같은 착각을 주었지만 우리 모두는 그럴 수 없음을 잘 알고 있었다. 다시 공항으로 갔다. 그곳에서 서울로, 대전으로, 울산으로, 제주도로, 각자의 집으로 떠날 것이었다. 아내와 나는 아이들을 한 명 한 명 안아주었다. 아이들도 서로를 한 명 한 명 안아주었다. 그때 막내 영준이가 울음을 터뜨렸다. 영준이의 눈물줄기가 이미 한계에 다다랐던 다른 아이들의 울음보까지 넘치게 만들었다. 서희도 울었다. 도솔이도 유진이도 울었다. 수경이도 나운이도 희경이도 윤미도 하영이도 엉엉 울었다. 상훈이도 정호도 성호도 승현이도 훌쩍훌쩍 울었다. 공항 로비를 오가던 사람들이 힐끗힐끗 쳐다보았다. 아내와 나는 울지 않았다. 그 대신 자리를 떴다. 그리고 아이들에게 문자 메세지를 남겼다.

"고생했다. 집에 가면 맛있는 것 많이들 먹어."

아내와 내가 바라는 것이 있다. 그것이 무엇이든 어떤 색깔이든, 이번 여행이 아이들에게 소중한 기억으로 남아 훗날 삶을 살아가다 팍팍하고 어려운 순간을 만날 때면 작더라도 위안이 되고 힘이 될 수 있기를…….

마지막으로 아이들에게 고맙다는 말을 전하고 싶다. 그들로 인해 많이 웃을 수 있어서, 작지만 자주 행복할 수 있어서. 여행이 끝나고 시간이 흐를수록 사실은 우리 부부가 그들에게 받은 것이 더 많다는 생각이 자꾸만 드는 것도 그래서일 것이다.

©서윤미

이 아이들과 다시 한 번 떠날 수 있다면

제주도 집으로 돌아온 후 며칠이 지나자 부모님들로부터 전화가 걸려왔다. 고맙다는 말과 함께 아이들 소식을 전해주셨다. 공통적인 것은 아이들이 '엄청 긍정적이고 뭐든지 열심히 하려고 한다'는 이야기였다. '여행을 다녀와서 꿈이 생겼다고 말해서 무엇보다 기뻤다'는 부모님들도 계셨고, '우리 아이가 공항에서 헤어질 때 울었다는 이야기를 듣고 믿지 못했다'는 분도 계셨다. '자기는 여행이 체질이라며 집에 돌아오기 싫었다는 아이가 조금 섭섭했다'며 부쩍 커버린 아이를 보며 왠지 서운했던 느낌을 전하기도 했다. 또 우리 부부와는 친구이기도 했던 한 아이의 아빠는 다소 들뜬 목소리로 이런 이야기를 해주었다.

"내가 아빠가 되어가지고 아이와 2박 3일 동안 계속 이야기를 나누어본 건 처음이었어."

얼마간의 시간이 더 지나 한 부모님과 식사를 할 기회가 있었다. 아이들이 남은 방학 동안 여행에서 만난 친구들과 이모와 삼촌 이야기만 한다고 했다(사실 우리 부부도 그랬다. 그 한 달 여행의 기억이 우리에겐 그만큼 강렬했다). 그리고 재미있는 이야기 하나를 덧붙이셨다.

"힘든 일이 있으면 남자들 군대 이야기하듯, 내가 라오스도 갔다 왔는데 뭐, 하면서 호기를 부린다니까요."

아이들에겐 곧바로 새로운 학기가 시작되었다. 그냥 멍하다고, 그래도 잘 적응하고 있다는 이야기들이 들려왔다. 가끔 "삼촌, 이모, 보고 싶어요"라는 문자가 맥락 없이 날아오기도 했다. 돌아오는 여름방학에 울산으로 모이자, 제주에서 다시 만나자, 자기네끼리 연락들을 주고받는 것 같더니 일상으로 돌아간 대한민국의 바쁜 아이들은 통 모이지 못했다.

아이들이 다시 만난 건 1년 후 겨울방학이었다. 도솔이만 빠지고 자기네끼리 계획을 세워 모두 다 제주도로 모인 것이었다. 그 사이에 윤미는 고등학교를 졸업하고 자기가 원하는 것을 배우며 아르바이트를 하고 있었고 희경이는 대학생이 되었다. 정호는 고등학생이 되었고 막내들은 애기 티를 말끔히 벗고서 나타났다.

그날 우리 집 마당에 솥을 내걸고 닭백숙을 해 먹었다. 밤늦도록 모닥불을 피워놓고 노래를 들으며 이야기를 나눴다. 학교 이야기, 힘든 공부 이야기 그리고 라오스 여행 이야기. 그때 승현이가 이런 말을 했다.

"힘들 때 그때 일기를 읽다보면, 이런 일도 있었지, 내가 이런 생각도 했구나, 하면서 맘이 조금 편해지더라고요. 그래서 이제 여행 가면 일기 쓰는 습관이 생겼어요. 지난여름에 미국 갔을 때도 매일 썼는데, 나중에 보면 내가 그때 무슨 생각을 했는지 알 수 있어 좋아요. 그때 삼촌과 이모가 매일 일기를 쓰라고 해준 게 고마웠어요."

정호도 한마디 거들었다.

"그때처럼 다시 모여서 놀고 싶어요. 언제 그렇게 놀았나 싶어요. 지금 생각하면 꿈같아요."

시간이 지나면서 여행의 의미가 더 짙어지기도 하고 다르게 다가가기도 하는 모양이었다. 하긴 추억의 시간들이 다 그렇듯 여행의 기억도 한자리에 머물러 있는 것이 아니라 성장하고 사라지고 변화하면서 그 의미를 새롭게 만들어가는 법이니까.

둘째 날에는 서귀포 위미 바닷가에 있는 나운이의 집에서 잠을 자기로 한 모양이었다. 우리 부부는 저녁 시간에 나운이네 집으로 갔다. 아이들은 나운이 부모님이 상다리가 부러지도록 차

려낸 음식을 깨끗하게 해치우고 나서 또 그 이상한 게임을 했다. 라오스에서 게스트하우스에서든 배 위에서든 덜컹거리는 썽태우 안에서든 가리지 않고 했던 바로 그 게임을. 그리고 희경이와 정호가 노래를 불렀고 성호가 기타를 쳤다. 유진이는 '사람이 살아가는 데 꼭 필요한 것은 수영과 음악'이라며 어릴 때부터 여러 악기를 배우게 해주신 엄마 이야기를 들려주고는 바이올린을 연주해 보였다. 그날 아이들이 노는 모양을 지켜보던 나운이 엄마가 우리 부부의 비밀 하나를 알아차렸다.

"아이들이 이렇게 밝을 수가 없어요. 뭐든 긍정적이라서. 이런 아이들과 여행하면 나도 재미있을 것 같아요."

그것 때문이다.

사실 우리 부부는 라오스 여행학교를 다녀오고 난 후 다시는 여행학교를 하지 않을 거라고 스스로에게 다짐했었다. 너무 힘들었던 것이다. 다시 그 고생을 할 엄두도 나지 않았고, 왜 굳이 여행을 떠나서까지 아이들의 안전과 배움에 신경을 쓰느라 스트레스를 받아야 하나, 하는 생각도 들었다.

그런데 그로부터 1년 6개월 후인 2012년 여름, 우리 부부는 열네 명의 청소년들과 함께 인도 라다크Ladakh에 있었다. 두 번째 여행학교를 다녀온 것이다. 라다크의 시골 마을을 찾아 홈스테이를 하고 해발 5,000미터가 넘는 히말라야 산들을 넘나들며 트레킹을 했다. 그리고 버스를 타고 세계에서 두 번째로 높다는 도로를 넘어 북인도의 몇몇 도시를 돌아다녔다. 글을 쓰고 있는 지금도 손을 대면 쨍하고 부서질 것같이 파랗고 투명하던 라다크의 대기와, 가슴을 다 내어주고도 빈 구석을 느낄 수 없었던 히말라야의 절경들이 내 마음을 벅차게 한다. 하지만 라다크 여행은 우리 부부에게도, 참석한 청소년들에게도 라오스에 비해 더 힘든 여정이었다.

그럼에도 우리 부부는 또 다른 곳으로의 여행학교를 계획하고 있다. 생각해보면 나운이 엄마가 알아차린 그 비밀 때문이다. 길 위에서 밝고 긍정적인 아이들. 길 위에서 좋아하던 아이들의 얼굴을 잊을 수가 없다. 오래도록 여행의 시간을 소중하게 기억하는 그들이 있어서, 무엇보다 그들과 함께 하는 여행이 즐거운 탓이다.

이 책이 나오는 날, 라오스 여행학교 친구들을 다시 만나게 될 것 같다. 우리의 여행이 그때는 또 어떤 의미로 남아 있을지 궁금하다. 글쓴이가 게으른 탓에 많이 기다렸을 그들의 이야기가 지금에야 나오게 되었다. 미안하고 고맙다.

"다시 없을 최고의 여행이었어요."

남서희

한 달 동안 부모님의 도움 없이 혼자 할 수 있는 것이 많아지니까 나 스스로 많이 의젓해진 것 같아요.

'라오스의 거리'가 가장 생각나요. 라오스 거리는 눈을 돌릴 때마다 새로운 볼거리와 먹을거리들로 가득했어요. 라오스 여행은 몇 번이나 갔다 와도 전혀 질리지 않을 거예요. 라오스의 야시장에선 재밌는 일들이 많았는데 그중 하나가 가격 흥정을 하는 것입니다. 말이 안 통하기 때문에 서로 계산기를 두드리며 가격을 조율하는데 대부분 가격을 깎아주시기 때문에 흥정하는 맛이 있거든요.

신수경

라오스를 여행하면서 딱 한 번 아팠던 적이 있었어요. 그때 팍치를 빼달라고 하는 걸 까맣게 잊어버렸다가 그냥 먹었는데 아직도 그 향과 맛을 잊을 수가 없어요. 라오스에 가서 꼭 먹어봐야 할 음식입니다. 그리고 라오스 사람들의 따뜻한 인정, 어린아이들의 행복한 웃음이 내 마음을 따뜻하게 만들어줬어요. 저는 지금도 라오스 여행이 제게 있어 최고의 여행이라고 생각해요. 사람들끼리의 여행이 그렇게 재미있는 줄 몰랐어요. 숨 가쁘게 바쁜 고등학교 생활 속에 그 여행이 자꾸 떠오르고 생각나요.

주영준

비행기를 타고 돌아오는 날 또 여행을 하고 싶어졌다.
만약에 누군가 라오스에 간다고 하면 그냥 열심히 걸으라고 얘기해주고 싶다. 힘들어도 짜증내지 말라고. 먹을거리는 카레가 생각난다. 입맛에 맞았던 게 별로 없었는데, 딱 하나 카레는 맛있었다. 일기를 제대로 못 쓴 게 조금은 후회가 된다. 다시 여행을 가면 꼬박꼬박 써야지.

송승현

이 여행을 통해서 저는 조금은 더 예전보다 활발한 사람이 되었습니다. 지금도 가끔 라오스 여행을 함께한 친구들, 삼촌, 이모가 그립습니다. 여행이 준 많은 변화 덕분에 저는 지금 외교관이 되는 꿈을 위해 혼자 미국까지 와서 열심히 공부하고 있어요. 예전의 저였다면 유학 같은 것은 생각해보지도 못했겠지요. 공부 열심히 해서 꼭 저의 꿈을 이루고 자랑스럽게 다시 한국으로 돌아가는 모습을 기대해주세요.

양나운

라오스를 생각하면 방비엥 시골 학교에서 만난, 순수하고 맑고 밝은 어린 학생들의 동그랗고 초롱초롱한 눈이 떠올라요. 라오스 여행을 통해서 나에 대한 믿음이 생겼어요. 여행할 때 혼자 찾아가보고 다 같이 직접 숙소도 정하면서 여행을 하다보니 자연스럽게 겁이 사라졌어요. 혼자 무언가를 멋지게 해낼 수 있다는 자신감이 생겼답니다.

김도솔

라오스 사람들이 욕심 부리지 않고 살아가는 모습을 보고 나도 쓸데없는 욕심을 부리지 않겠다고 다짐했어요. 별것 아닌 것에 욕심내고 사소한 것에 짜증냈던 제 모습이 많이 변한 것 같아요. 라오스 사람들의 그 순수한 눈빛을 보면 괜히 대화 한번 나눠보고 싶은 마음이 들어요. 저도 모르게 외국인을 조금 피했던 이때까지의 모습은 온데간데없어지고 먼저 말을 걸고 어느 순간 같이 웃으면서 소통하고 있었습니다.

박정호

치앙콩에서 훼이싸이로 갔을 때 배로 2분을 가서 국경을 넘는다는 게 정말 신기했다. 기차나 버스를 열 시간 이상 타고 다닌 것도 한국에서 할 수 없는 좋은 경험이 아닌가 생각된다. 라오스 여행을 하면서 혼자만의 여행보다는 소중한 사람들과 같이하는 여행이 얼마나 재미있고 기억에 남는지 알게 되었다. 그리고 진로를 정하는 데에도 많은 도움이 된 것 같다. 살면서 이런 경험을 몇 번이나 할 수 있을까.
삼촌, 이모! 앞으로도 이런 기회가 있으면 저도 같이 갔으면 좋겠습니다. 새로운 친구들을 사귀는 것도 좋고 그 나라의 문화도 체험할 수 있으니 꼭 가고 싶습니다. 가게 되면 불러주세요! 저도 조장 한번 해야죠!

박성호

처음 라오스에 간다고 했을 때 기대 반 걱정 반이었다. 친구가 라오스 숙소에는 도마뱀이 나오고 거미가 기어 다닌다고 겁을 줘서 걱정되었고 한 달 동안 여행하는 것은 처음이어서 기대되기도 했다. 정말 많은 일이 있었다. 카약과 스윙점프, 야시장, 자전거 투어, 슬리핑 버스, 침대 기차 등등. 정말 우리나라에서는 겪을 수 없는 귀중한 경험과 추억을 많이 남겼다. 라오스 여행이 벌써 끝나 아쉽고 슬프다.

서유진

정말이지 라오스 여행은 즐거운 기억밖에 없어요. 라오스에서 마지막으로 들렀던 도시 돈콘에서 강물을 바라보며 그물 침대에 누워 있던 것, 해질녘에 반사되어 반짝반짝 빛나는 강물, 비자 받으러 태국에 왔다 갔다 한 것, 야시장을 둘러본 것, 방비엥에서 라오스 친구들을 만나본 것. 참 신기하게도 여행은 처음 보는 사람들과 하든 혼자서 하든 가족끼리 하든, 그 당시에는 '아, 내가 왜 이런 고생을 하면서까지 왔을까' 하는 생각이 들지만 돌이켜 생각해보면 너무 재밌어서 가끔은 그때로 돌아가고 싶기도 해요.

서윤미

라오스 여행을 떠올리면 돈콘에서의 마지막 날이 생각납니다. 마지막 날인 만큼 모두 모여 그동안 있었던 얘기를 하며 웃고 떠드는데 해가 지면서 멋진 노을을 만들어냈습니다. 그 장면을 놓칠까 다들 사진기를 들 때 저는 홀린 듯 바라만 보았어요. 메콩 강을 집어삼킬 듯이 붉게 타오르는 그때의 노을은 정말 멋있었습니다.

라오스 여행을 다녀온 후 다시 떠나고 싶다는 생각에 돈이 모일 때마다 여행을 했습니다. 계획을 짜고 실행하기까지 얼마나 어려운지 알지만 배낭여행의 매력에 빠진 유진이와 저는 다시 떠나곤 합니다. 라오스 여행을 다녀와서 여행하는 법을 배우고 타인과 부딪치면서 해결해나가는 방법도 찾았습니다. 학교라는 틀에서 벗어나 다른 사람과의 관계라는 것을 배우게 해준 여행이었어요.

신희경

낯선 나라, 낯선 언어, 낯선 사람들과 대화하고, 소통하는 내내 단 한 번도 지루한 적이 없었다. 순수하고 맑은 미소의 라오스 아이들과 사람들처럼 순수하게, 정말로 전적으로 마음이 동해서 이 여행을 즐길 수 있었던 것 같아 내 자신에게 뿌듯한 마음이 든다.

나에게 라오스 여행이 가져다준 가장 큰 변화는 바로 '여유'였다. 남들보다 조금 늦더라도 마음을 편안히 가지고 생활하는 것이 좋다는 것을 깨달았다. 대학교에 들어와서도 마음이 복잡하고 외로울 때 라오스를 떠올리면 저절로 여유가 생겨서 힐링되는 느낌이랄까.

고상훈

내가 생각했던 간단한 여행과는 차원이 달랐다. 모든 것이 신기했고 모든 것이 새로웠다. 처음에 삼촌이 라오스에 같이 갈 사람을 지원받을 때 바로 손을 번쩍 들었지만 솔직히 장난이 8할이었다. 지금은 그 장난이 최고의 선택이었다고 생각한다. 친구들이 대학 생활 중 최고의 선택이 무어냐고 물으면 지금도 여지없이 라오스 여행을 떠난 거라고 이야기할 정도니까. 라오스 여행은 여행도 여행이지만 여행자의 마음,

여행을 하는 방법을 배울 수 있는 소중한 시간이었다. 다른 여행을 떠날 수 있었던 힘은 모두 라오스 여행에서 나왔다.

김하영

이 여행은 매 순간이 새로운 경험으로 채워져 있었어요. 일기장을 다시 꺼내서 읽는데 어쩜 제가 이렇게 예쁠까요! 그전까진 라오스나 거기 사람들, 일어났던 일들이 보였는데 오늘은 웬일인지 제가 보여요. 제 이십대에서 이 일기장 하나만 남는다고 해도 좋을 정도예요.
누군가 라오스에 간다고 하면 자전거를 타라고 하고 싶어요. 비엔티안이나 루앙프라방을 빼고는 도로가 작고 예뻐요. 길가에 있는 가게도 작고 사람들도 느리고 아이들도 많아요. 거기에 딱 어울리는 건 자전거였어요. 자전거를 탈 때에는 뜨거운 햇볕도 적당하게 느껴지고 길가에 있는 모든 게 다 반짝반짝하니 예쁘게 보여요. 분명히 어딘가를 목적지로 정하고 자전거를 타는데, 어느새 그 목적지는 아예 잊게 되죠.

부모님이 말하는 여행 후 아이들

"아이들에게 가장 좋은 학교는 여행입니다."

서희 엄마

아이를 여행학교에 보낼 때, 한 달이라는 긴 시간 동안 부모 곁을 떠나는 만큼 자립심을 키우는 계기가 되었으면 하는 기대가 있었습니다. 질풍노도의 시기인 사춘기를 겪으면서 감정 컨트롤이 안 돼 부모와 자주 부딪쳤던 아이가 라오스 여행을 다녀와서는 조금 더 성장한 모습을 보여주었어요. 영어를 공부해야겠다는 말을 자주 하고, 그곳의 낙후된 환경 속에서 생활하는 아이들을 본 후 타인을 배려하는 마음도 생겼고, 봉사활동에도 관심을 가지게 되었지요. 물론 자신감도 충만합니다. 같이 여행했던 언니, 오빠, 친구들과 전화를 하고 안부를 물으면서 각별한 우정을 나누었고 지금도 좋은 인연을 맺어가고 있습니다. 사람, 인연의 소중함을 알게 된 것 같아요.

수경·희경 엄마

한 달이나 여행을 보낸다 하니 주변에서는 고2, 중2 중요한 시기에 여행이 웬 말이냐며 핀잔을 하더군요. 하지만 그때 우리 고2 딸은 진로 때문에 한창 우울해 있었고, 꿈을 못 꾸고 방황하는 중2 딸에게도 좋은 시간이 될 것 같아 주변의 반대를 무릅쓰고 결정했지요. 여행을 떠나서 처음 전화가 왔을 때 생각이 나네요. 큰딸은 눈물까지 흘리며 보고 싶다고 하더라고요. 둘째는 보고 싶지 않다며 쌀쌀하게 전화를 받아서 섭섭했는데 나중에 알고 보니 힘들다고 눈물 흘리면 제가 걱정할까봐 거짓말을 했다더군요.
희경이는 큰딸이라는 책임감에서 조금은 벗어나 자유로운 삶을 살길 바랐는데 여행을 통해 자신감과 부모로부터 독립하는 법을 배우고 온 것 같아요. 수경이는 고등학생이 된 지금 입시 위주의 인문계 고등학교에 가서도 성적에 흔들리지 않고 당당하지요. 그런 모습들을 보면 그때 여행을 다녔던 경험이 힘이 된 것 같아요.
큰딸은 다시 용돈을 모으고 있어요. 혼자만의 여행을 즐기기 위해. 여행은 세상에는 성적이 전부가 아니라 새롭고 다양한 길도 있다는 것을 가르쳐주지 않았나 싶네요. 여행학교가 계속 지속되어 더 많은 아이들이 다양한 삶을 살아가는 방법도 배우고 자신을 잃지 않고 용기 낼 수 있는 기회가 되었으면 합니다.

승현 아빠

지인(도솔 아빠)의 권유도 있었고 문명이 발달하지 않은 삶에 대한 생생한 체험을 시키고 싶어서 여행을 보냈습니다. 솔직히 내 어린 시절 가난했던 삶을 간접적으로 알려주고, 현실에 만족하는 삶을 살길 바라는 기대도 있었습니다.
처음에는 썩 가고 싶어 하지 않았지만, 다녀와서는 잘 갔다 왔다고 하더군요. '뭔가 할 수 있을 것 같다는 자신감을 가졌다'고요. 아이가 독립해가고 있구나, 독립시켜도 될 나이가 되어간다는 생각이 들었습니다. 그리고 고1을 마치자 바로 미국으로 혼자 보냈습니다. 6개월 정도 지났는데 잘 적응하는 것 같습니다. 아이에게 살아가는 방법을 체험으로 가르쳐준 기회가 된 것 같아 감사한 마음입니다.

나운이 엄마 아빠

일상 탈출을 꿈꿨는지, 라오스라는 머나먼 곳으로 여행을 가겠다고 덜컥 대답을 하는 딸내미를 보고 대견함과 대범함을 동시에 느꼈답니다. 여행을 떠나보내고 나서 하루가 열흘처럼 느껴지던 어느 날 반가운 전화가 걸려왔죠.
"잘 있니? 먹는 건 어떠니? 잠자는 데 불편한 건 없니?"
아이가 대답할 겨를도 없이 궁금한 걸 이것저것 물어보는데 나운이가 갑자기 피식 웃는 거예요. 멀리 떨어져 있으니 엄마의 이런 사소한 잔소리를 듣고 싶었다고 하더군요.
라오스 여행 중 나운이가 집으로 보낸 엽서에 "여행 기간 동안 앞으로의 목표를 확실히 정하고 돌아갈게요"라는 말이 있었던 걸로 기억합니다. 그동안은 솔직히 갈팡질팡 고민만 앞섰던 것 같은데 요즘은 스스로 계획하고 준비해나가는 모습을 보여주더군요. 성격도 많이 차분해진 것 같아요. 나운이가 꿈을 향해 노력하는 모습에 박수를 보내고 싶습니다.

성호·정호 엄마

어린 시절 여행을 한 번도 가보지 못한 게 항상 아쉬웠고 후회가 되어 우리 아이들에게는 특별한 경험을 선사하고 싶었습니다. 그 방법이 바로 여행이라는 걸 알았기에 믿고 보냈습니다. 여행을 다녀와서는 종종 사진을 보면서 그때 일을 회상하며 이야기꽃을 피웁니다. 같이 여행을 다녀온 친구들과 방학 때 서로 만나면 이야깃거리가 얼마나 많은지요. 함께 나눈 이야기가 있고 좋은 추억이 있다는 것은 정말 행복한 일입니다.

지금 아이들은 일단 꿈을 정했습니다. 목표가 있다는 건 삶의 가치를 높여줄 뿐만 아니라 도전 정신을 북돋워주는 것 같습니다. 결과보다는 과정을 더 소중히 여기는 아이들에게서 저 또한 많은 것을 배우면서 살아갑니다. 이름도 모르고 얼굴도 모르고 아무것도 모른 채 시작한 여행학교. 두 분 선생님께서 수고해주신 덕분에 우리 아이들이 행복해졌습니다.

유진 · 윤미 아빠

윤미와 유진이가 라오스 여행을 다녀온 이후 이야깃거리가 풍성해졌습니다. 사실 저희 부부는 이 부분이 가장 만족스럽습니다. 책이나 영화 등으로 얻는 경험과 달리 실제 경험한 일에 대해 이야기하는 것을 들으면, 비록 짧은 기간이나마 라오스에 다녀오도록 한 게 매우 잘한 결정이라는 생각이 듭니다.

아무리 여행을 좋아한다 하더라도 청소년들을 모아 데리고 다니며 여행을 하는 건 쉽지 않은 일이라고 생각합니다. 그래서인지 선생님 부부께서 하신 일들이 참으로 대단해 보입니다. 기회가 닿는 대로 더 많은 청소년들이 이런 좋은 경험을 했으면 좋겠습니다.

아이들, 길을 떠나 날다

초판 1쇄 발행 2013년 9월 10일 초판 2쇄 발행 2014년 6월 20일

지은이 김향미 · 양학용 펴낸이 연준혁

출판 7분사 분사장 김은주
편집 최은하 디자인 윤정아
제작 이재승

펴낸곳 (주)위즈덤하우스 출판등록 2000년 5월 23일 제13-1071호
주소 경기도 고양시 일산동구 정발산로 43-20 센트럴프라자 6층
전화 031)936-4000 팩스 031)903-3893 홈페이지 www.wisdomhouse.co.kr
종이 월드페이퍼 인쇄·제본 (주)현문 후가공 이지앤비

값 13,800원
ISBN 978-89-5913-758-9 03810

국립중앙도서관 출판시도서목록(CIP)

아이들, 길을 떠나 날다 : 열세 명 어린 배낭여행자의
라오스 여행기 / 지은이: 김향미, 양학용. -- 고양 :
위즈덤하우스 , 2013
p. ; cm

ISBN 978-89-5913-758-9 03810 : ₩13800

여행기[旅行記]
라오스(국명)[Laos]

981.4202-KDC5
915.9404-DDC21 CIP2013016351